www.tredition.de

AF186095

Lewin Weber

Der Schirm

www.tredition.de

© 2018 Lewin Weber

Verlag und Druck: tredition GmbH, Halenreie 40-44,
22359 Hamburg

ISBN
Paperback: 978-3-7469-0653-9
Hardcover: 978-3-7469-0654-6
e-Book: 978-3-7469-0655-3

Der Schirm

Kapitel 1

In einer kleinen, bescheidenen Wohnung mitten in einer Millionenstadt lebt ein kleiner Mann, der in unserer Geschichte jedoch keine kleine Rolle spielt. In seiner kleinen Wohnung, in seiner kleinen Küche flattert ein winzig kleiner Schmetterling. Dieses kleine Wesen stört den minuziös geplanten Tagesablauf des Bewohners dieser kleinen Wohnung.

Dieser Schmetterling? Was macht dieser Schmetterling in meiner Küche? Meine Küche, in der ich mir mein Essen, mein täglich Brot zubereite. Wie soll ich das Haus verlassen, mit dem Wissen, einen Schmetterling bei mir zuhause zu haben?

Vorsichtig schaufelt Ben dieses harmlose, zerbrechliche Wesen auf ein Stück Papier. Auf dem Weg zum Fenster faltet er das Blatt immer wieder aufs Neue in der Mitte. Zwei Mal. Drei Mal. Vier Mal. Um seinen Kopf wieder ins Reine zu bringen. Am Fenster angelangt, entfaltet er das Papier und wird sich der angerichteten Bluttat bewusst. Voller Schuldgefühle und ohne gross zu überlegen, nimmt Ben die Überreste des Schmetterlings und steckt sie sich in den Mund. Aus den Augen aus dem Sinn. Nicht so für Ben.

Salzig. Knusprig. Die Flügel merkt man kaum im Mund. Dieses Kitzeln, wenn man es schluckt. Lustig.

Tausend Gefühle empfindet Ben wegen diesem klitzekleinen, zierlichen Wesen. Ein Blick auf die Uhr, welche sich über der Eingangstür befindet, nicht ganz mittig, verrät Ben, dass es Zeit für ihn ist, seine Wohnung zu verlassen. Seine Wohnung mit seinem bequemen Sessel in der einen und seinem Bett mit dem grünen Überzug in der anderen Ecke.

Pullover, Jacke eingepackt. Schirm fehlt mir noch.

Ohne hinzuschauen, greift Ben hinter die Tür und will seinen schwarz-weiss gepunkteten Schirm hervorholen. Doch er ist nicht dort. Panik steigt in Ben hoch. Er stellt den Schirm immer dorthin, er muss ihn verloren haben.

Ohh nein, nicht mein Schirm! Alles nur nicht mein Schirm. Ich kann diesen Schirm nicht verloren haben. Ich darf ihn nicht verloren haben. Puh, er ist nur umgekippt, weshalb ich ihn nicht sofort greifen konnte.

Die weisse Wand. Wie sie es mir gesagt hat. Eine weisse Wand, an welcher die „Friedenstaube" von Picasso hängt. Genau so hat sie es mir gesagt, soll ich es mir vorstellen. Okay. Eins, zwei, drei!

Ben steht, wie jedes Mal, völlig verdutzt auf dem Trottoir vor seinem Wohnblock. Er ist kreidebleich, als ihm bewusst wird, dass er für Jedermann zu sehen ist. Langsam, Schritt für Schritt begibt sich Ben zögernd Richtung Stadtmitte.

Wieso schaut dieser Mann mich an? Warum muss er genau um diese Uhrzeit mit seinem Hund spazieren gehen? Was will diese Frau mit dem Schirm von mir? Dieses Kind mit dem Ballon, es schaut absichtlich von mir weg. Ich bin schon wieder der Mittelpunkt der Handlung. Dieses Jucken am Hals. Nicht kratzen. Die Leute würden denken, du seist krank.

Jeder schaut dich an. Keine Fehler machen. Nichts Peinliches.

Der Mann mit dem Hund ist Architekt und schaut nur deshalb in Bens Richtung, weil er den Torbogen seines Wohnblockes architektonisch spannend findet. Anders als die Frau mit dem Schirm, die lediglich munter ihres Weges geht. Auch dem Kind mit dem Ballon ist Ben nicht aufgefallen. Es blickt bloss verträumt einem Schmetterling nach. Keinem dieser und den anderen Passanten ist Ben mehr aufgefallen als jeder andere, an dem man an einem Tag vorbeiläuft. Doktor Freihofers Praxis ist, wie jeden Tag, Bens Ziel. Um dorthin zu gelangen, nimmt Ben, wie üblich, immer das gleiche Tram Richtung Stadtmitte, steigt wie immer an der gleichen Station aus und geht vor die Tür der Praxis, wo er immer zehn Sekunden wartet, bevor er eintritt. Sechsunddreissig Stufen bis in den dritten Stock. Neben der Tür aus Eichenholz, die in die Praxis führt, setzt Ben sich im Warteraum auf den dritten Stuhl von links und wartet die zehn Minuten, die er immer zu früh kommt, bis sein Name von der lächelnden Sekretärin aufgerufen wird und ihn in das Zimmer führt, in dem Frau Doktor Freihofer ihn sitzend empfängt. Jeder Tag verläuft gleich.

„Guten Tag, Ben. Wie geht es Ihnen heute?", begrüsst sie ihn freundlich. Sie erwartet schon längst keine Antwort mehr von Ben. Sie fragt ihn das nur aus reiner Höflichkeit. Zu ihrer Überraschung antwortet Ben heute, was in den zehn Jahren seiner Behandlung erst zum zweiten Mal vorkam.

„Könnten Sie bitte die Türe schliessen, Doktor?". Nach längerer Pause verweigert sie seine Bitte mit einem simplen „Nein". Verdutzt starrt Ben Doktor Freihofer an. „Gehen sie und schliessen Sie die Türe selbst", klärt sie Ben auf. Verlegen starrt Ben auf den Boden. „Aber ihre Sekretärin beobachtet mich", erwidert Ben, noch immer völlig erstaunt, dass seine Bitte so harsch abgelehnt worden ist. „Nein, tut sie nicht. Sie schaut auf den Computer. Nun schliessen Sie bitte die Türe selbst."

„Sie beobachtet mich durch die Reflektion auf dem Bildschirm."

„Nein, sie beobachtet lediglich den Terminplan. Nun schliessen Sie endlich die Türe, damit wir anfangen können."

„Könnten sie die Sekretärin kurz wegschicken?"

„Nein, kann ich nicht. Aber wenn Sie sich so benehmen, bleibt die Türe erst recht geöffnet, sodass uns jeder sehen und hören kann."

Bens Unbehagen ist ihm deutlich anzusehen. Langsam und mit Bedacht steht Ben auf und setzt vorsichtig einen Fuss vor den anderen. „Verhalte dich normal", schiesst es Ben durch den Kopf. Er greift zögernd nach der Türklinke und schliesst die Türe blitzschnell und lautlos. Ben ist übel.

„Na, geht doch", sagt Doktor Freihofer stolz. Sie sitzt bereits hinter ihrem Rechner und hat Bens Akte, die grösste Datei, die sie besitzt, schon geöffnet.

„Ist die...", stottert Ben.

„Ja, die Webcam ist abgedeckt, kein Hacker kann uns zusehen", beruhigt ihn die Doktorin.

So beginnt Bens siebte Therapiestunde diese Woche, dabei ist erst Mittwoch.

Kapitel 2

Wieso werde ich rot? Ich senke wohl lieber meinen Kopf, dann sieht mich niemand. Woher kommt all dieser Schweiss? Ich verstecke ihn besser unter einer Jacke. Alle werden sie mich auslachen. Ich will so schnell wie möglich von der Strasse, wo sie mich alle sehen können.

So, mit gesenktem Kopf und mit einer dicken Jacke, rennt Ben an einem der heissesten Tage im Jahr durch die Stadt nach Hause. Vorbei an der Haltestelle, an der er einsteigen sollte, vorbei an all den Menschen, die ihm wegen seines besonderen Auftretens nachschauen. Nach zehn Minuten Spurt bleibt er total verschwitzt in einer kleinen, verlassenen Gasse stehen.

Diese Gasse? Ich war noch nie wo anders als bei mir zu Hause, auf dem Weg zu Frau Doktor Freihofer oder in ihrer Praxis. Wo bin ich?

Kalt läuft es Ben den Rücken hinunter, als ihm bewusst wird, was es heisst, sich verlaufen zu haben. Er würde jemanden nach dem Weg fragen müssen. Im Bruchteil einer Sekunde stellt er sich alle möglichen Szenarien vor. Er wird ausgelacht, wenner nach dem Weg fragt. Er wird spöttisch angelächelt, geschlagen, getreten, als hässliches Monster bezeichnet. All dies stellt sich Ben vor. Überzeugt, dass er niemals den Weg nach Hause finden würde bleibt, er völlig überfordert, wie angewurzelt stehen.

Von links bin ich gekommen. Das heisst nach rechts geht es nach Hause. Wenigstens sind hier keine Leute. Zum Glück bin ich in einem verlassenen Stadtteil gelandet. Niemand darf sehen, dass ich mich verlaufen habe. Was würden sich die Menschen bloss denken? Ein verschwitzter, rot angelaufener Mann irrt in den Strassen umher.

Leider hat sich Ben da in einem Punkt getäuscht. Er befindet sich nicht in einem verlassenen Stadtteil. Die Leute sind momentan nur nicht auf der Strasse, weil es Mittagszeit ist. Aber nicht mehr lange, bis es ein Uhr schlägt und sich die Leute wieder auf die Strassen drängen und zur Arbeit, zur Schule oder sonst wohin stürmen. Noch zehn Minuten. Immer tiefer verläuft sich Ben im Strassenlabyrinth, immer aussichtsloser wird es, dass er jemals wieder seinen Rückweg findet. Abwechselnd biegt er einmal rechts, einmal links ab oder läuft geradeaus. Immer nervöser wird er mit fortschreitender Zeit. Immer verlorener kommt Ben sich vor. Und das ist er auch. Immer hoffnungsloser wird die Tragödie. Noch fünf Minuten. Verzweifelt beginnt er zu rennen. Ihm steigen die Tränen in die Augen. Während er wie ein gejagtes Tier hektisch seinen Kopf umher wirft und sich nach Bekanntem umsieht, schlägt es ein Uhr. Fast simultan erheben sich alle Menschen der Stadt vom Mittagstisch und begeben sich auf ihren Weg.

Was war das?

Erschrocken schaut Ben zurück zu einer Tür, die geöffnet wird. Wie aus einer Quelle strömen immer mehr Menschen aus allen Häusern auf die Strasse. Wenige Sekunden später ist alles mit Menschen überfüllt. In einem Gewusel laufen sie alle wild durcheinander.

Wie? Wo? Was? Warum? Woher? Nein! Zu Viele! Atmen. Ruhig. Weisse Wand. Friedenstaube. Atmen. Nicht Schwitzen. Nicht rot werden. Verhalte dich normal. Schaut mich nicht an! Schaut alle woanders hin.

Schneller und schneller schiessen die Gedanken durch seinen Kopf. Flacher und Flacher geht sein Atem. Alles dreht sich. Panik bricht in ihm aus. Er ist auf der offenen Strasse mit tausenden von Menschen, die ihn und seine Verzweiflung sehen. Er muss hier weg.

„Können sie mir...", seine Stimme versagt. Er versteckt sein Gesicht hinter seiner Kapuze. Schnell läuft er weiter.

„Würden sie...", ... nichts.

„Helfen...", ... heisse Luft.

„Bitt...", ... nada.

„Ich...", niente.

Panik. Atemnot. Schwarz.

Das ist nicht mein Zimmer. Wo bin ich? Weiss. Mein Kopf schmerzt. Aua. Ich habe einen trockenen Mund. Ah, da ist ein Glas Wasser. Ich muss aufsitzen, um zu trinken. Tut das gut. Langsam. Wo war ich zuletzt? Denken kann ich besser im Liegen. Frau Doktor Freihofer zwang mich, die Türe zu schliessen. Dann... Ich gehe von ihr nach draussen. Wo gehe ich lang? Normalerweise nach Hause. Wo bin ich langgegangen? Ich habe Angst. Ich renne. Ich erinnere mich.

Mit der Erinnerung kommt auch die Panik wieder. Schweiss bricht ihm auf der Stirne aus. Ruckartig will Ben sich aufrichten. Kaum hockt er, legt er sich wieder hin. Ihm ist schwindelig. Er beschäftigt sich damit, wie er den Ärzten - Ben nimmt an, er sei im Krankenhaus - erklären soll, was passiert ist. Sein Herz rast. Im grossen Bogen schleudert er die Bettdecke auf den Boden. Er schwitzt am ganzen Körper. Die Gedanken überschlagen sich in seinem Kopf. Wie lange liegt er schon hier? Wer hat ihn hergebracht? Wie viel haben die Leute auf der Strasse davon bemerkt? Die Tür geht auf. Ben drückt sich, so tief er kann, ins Bett. Eine sympathische Frau mitte Dreissig betritt das Zimmer.

„Ah, Sie sind endlich wach", sagt sie so nett und freundlich, dass Ben geradewegs lächeln muss. Schnell versteckt er sein Lächeln hinter der Hand.

„Sie haben ganz schön lange geschlafen. Zwei ganze Tage. Ich habe mir schon Sorgen gemacht." Ben hört der Frau gespannt zu und vergisst für einen Moment, was für einen Eindruck er hinterlässt, oder dass er im Mittelpunkt der Aufmerksamkeit steht.

„Sie sind plötzlich auf der Strasse zusammengeklappt, da rief ich die Ambulanz an. Oh, wie unhöflich ich bin. Mein Name ist Lara", sagt sie in einer lieblichen Tonlage.

„Ic...Ich bin...Ben", bringt Ben stotternd hervor.

Ben liegt kerzengerade, versteift im Bett. Sein ganzer Körper steht unter Spannung. Lara, eine nette, aufrichtige, hübsche Krankenschwester hat Ben, als dieser auf der Strasse zusammengeklappt ist, ins Krankenhaus geliefert, wo sie arbeitet. Sie hat sich seither täglich um ihn gekümmert.

Dieses ständige Piepsen. Diese ständig blinkenden Lichter. Alle Augen sind auf mich gerichtet. Ich verstecke mich unter meiner Decke. Was wollen sie von mir? Schon zwei Tage bin ich hier. Seit gestern kam Lara nicht mehr vorbei. Sie schämt sich für mich. Zweimal täglich kommt eine Gruppe Menschen, schaut mich fünf Minuten an, geht und unterhält sich im Gang über mich. Deshalb hat sie mich verlassen.

Sie hasst mich. Angst. Die Decke schützt mich vor ihren verabscheuenden Blicken, aber nicht vor ihrer Präsenz. Alle stehen sie um mein Bett herum. Getuschel überall.

In der dritten Nacht im Krankenhaus entscheidet sich Ben, diesen Ort zu verlassen. Leise und vorsichtig schleicht er in den Gängen herum. Die Nacht ist Bens Lieblings-tageszeit. Keine Menschen. Planlos irrt Ben durch die Gänge. Treppe hinauf. Treppe hinunter. In der Dunkelheit ist nichts zu erkennen. Lediglich die Zimmerschilder sind beleuchtet und spenden wenig Licht. Zu wenig, um etwas erkennen zu können. Links, rechts. Abwechselnd biegt er immer wieder in einen anderen Gang. Vierter Stock. Dritter Stock. Ben hat die grösste Mühe nicht von den Krankenschwestern der Nachtschicht entdeckt zu werden. Nur schleichend kommt er vorwärts, da er alle paar Meter innehalten muss und in die leeren, verlassenen, dunklen Gänge hinein lauscht. Immer wieder versteckt sich Ben in letzter Sekunde in einer Toilette oder einer Nische vor einer Nachtpatrouille.

Was nur, wenn er gefasst wird? Was werden die Leute denken? Ein Mann im Nachthemd schleicht drei Uhr morgens durch die Gänge des Krankenhauses. Er wäre eine Lachnummer, eine Witzfigur. Er müsste sich in Grund und Boden schämen. Was Ben aber nicht weiss, ist, dass diese ganze Mühe unnötig ist. Die Menschen, die zweimal täglich um sein Bett stehen, sind die behandelnden Ärzte, welche darüber diskutierten, ob sie ihn bereits entlassen können oder nicht. Anstatt mühsam stundenlang durch die Gänge zu schleichen, hätte er bloss mit den Menschen neben oder vor seinem Bett sprechen müssen und er hätte seelenruhig bei Tag aus dem Krankenhaus herausspazieren können. Die Sonne geht auf und das Krankenhaus erwacht langsam zum Leben. Apparaturen fangen wieder an zu piepen, Angestellte wuseln umher. Zum Glück steht Ben schon vor dem Haupteingang und kann unbemerkt entkommen. Der Empfang ist noch nicht besetzt.

Kapitel 3

Ich habe ihn doch in meiner linken Hosentasche. Ich habe ihn immer dort. Wo ist mein Schlüssel? Die Leute schauen schon. In der rechten? Nein. Dann muss er in meiner Jackentasche sein. Wo ist meine Jacke? Verdammt, ich habe ja immer noch das Krankenhaushemd an. Nein! Was werden die Nachbarn denken? Die Leute auf der Strasse? Menschen in der Strassenbahn? Lass mich verschwinden. Lass mich nichts werden. Viel Wichtiger. Wo ist mein Schirm? Ich hatte ihn als ich zu Frau Doktor Freihofer ging. Bitte lass mich ihn nicht verloren haben. Mein Schirm ist das Wichtigste was ich besitze. Alles andere ist mir egal ... ich brauche meinen Schirm. Mein schwarzweiss gepunkteter Schirm. Ich brauche ihn! Wenn es regnet schützt er mich vor der Nässe. Es kann jederzeit regnen kommen. Ich bin schutzlos dem Regen ausgeliefert. Mein Schirm ist hoffentlich nicht auf dem Weg zu Frau Doktor Freihofer verloren gegangen. Das Wichtigste in meinem Leben ist mein

Schirm. Mein Leben hat ohne meinen Schirm keinen Sinn mehr. Die schwarzen und weissen Punkte sind in so einem faszinierenden, abwechslungsreichen Muster angelegt, so ein Schirm ist einzigartig. Ich bringe mich um. Doch, vielleicht ist er im Krankenhaus.

Beschämt und wütend über sich selbst würde Ben am liebsten im Boden versinken. Immer wieder aufs Neue schimpft er sich einen Idioten. Es schaudert ihn bei dem Gedanken, zurück ins Krankenhaus zu gehen und nach seinen Kleidern zu fragen. Wie würden sie über ihn denken? Und was ist, wenn Lara ihn sehen würde? Würde sie sich darin bestätigt fühlen, dass es richtig war, ihn alleine gelassen zu haben? Wie sollte er nach seinen Kleidern fragen, ohne komplett geistig zurückgeblieben zu wirken? Ein Mann in einem Nachthemd fragt, einige Stunden nachdem er ausgebrochen ist, nach seinen Klamotten, die er dort vergessen hat. Ben wird es schlecht, als er mühselig einen Fuss vor den anderen setzt und sich im Schneckentempo wieder auf seinen Canossagang begibt. Er läuft immer langsamer und langsamer, als er die durchbohrenden Blicke auf seiner Haut spürt, bis er schlussendlich keinen Wank mehr macht.

Wieso starren sie mich an? Wieso bleiben alle um mich herum stehen? Warum bin ich der Mittelpunkt des Kreises, welcher sich um mich gebildet hat? Was wollen sie von mir? Dieser Mann. Er kommt näher. Und näher. Er streckt seine Hand nach mir aus. Will er mich anfassen?

Als die unheilvolle Hand zwei Zentimeter über seiner Haut schwebt, tickt Ben aus. Schreiend, mit den Armen wild um sich schlagend rennt er los. Mit geschlossenen Augen und ohne Rücksicht auf den Verkehr oder die Passanten rennt Ben auf kürzestem Weg zum Krankenhaus.

Wieso renne ich? Ich kann nicht aufhören. Mein Körper gehorcht mir nicht. Gleich muss ich mich übergeben. Weg von hier. Viele… zu viele Menschen. Hier rechts in die kleine Gasse. Verschnaufpause.

Hier ist niemand. Aber jeden Moment kann jemand um die Ecke kommen. Einfach normal verhalten.

Entlang der rechten Häuserfassade schleicht Ben weiter Richtung Krankenhaus. Bei jedem noch so kleinen Geräusch springt er sofort auf und steht für einige Sekunden still. Nachdem er sich vergewissert hat, dass es keine Menschen sind, geht er normal weiter. Es ist später Nachmittag, als Ben endlich wieder im Krankenhaus ankommt. Seine mühsame Fortbewegungsart kostete ihn Stunden. Er geht zur Rezeption und macht sich

möglichst klein.

„Tut mir Leid, wie kann ich Ihnen helfen?", fragt die Rezeptionistin. Ben versucht jeglichen Blickkontakt zu vermeiden. In jede Ecke schielt Ben. Nur nicht in ihre Augen schauen ist die Devise. Während er krampfhaft an die Decke starrt, fragt er ganz leise nach seinen Kleidern.

„Können Sie das wiederholen? Ich habe das nicht verstanden". Die junge Frau sieht ihn verwirrt an.

Ben läuft los, beschämt, ohne einen Blick zurück zu werfen. Steif, mit starrem Blick, geht er auf sein Zimmer, denn da vermutet er seine Kleider am ehesten. Schweissperlen laufen ihm die Stirn runter, als er vor dem Krankenzimmer steht, indem er sich ein paar Stunden zuvor noch befand. Er greift nach der Türklinke und hält inne. Wie zur Salzsäule erstarrt, verharrt er. Eine Sekunde. Zwei Sekunden. Sekunden werden zu Minuten. Auf einmal reisst er die Türe auf und schliesst sie blitzschnell hinter sich wieder. Hastig schaut Ben sich im Zimmer um, ob er irgendwo seine Kleider erblicken kann und tatsächlich, sie hängen an einem Haken neben seinem Bett. Doch von seinem Schirm fehlt jede Spur. Nirgends ist auch nur ein Anzeichen für den Verbleib seines Schirms zu sehen.

Wie konnte ich sie diesen Morgen übersehen? Egal ich habe sie...ja mein Schlüssel ist auch in der linken Tasche. Nichts wie rein in die Kleider und weg von hier. War das etwa die Türklinke? Ins Bett. Schnell. Versteck dein Erröten unter der Decke. Das sind sie wieder. Ich erkenne sie an ihren Stimmen. Ihr Hinschauen. Lasst mich alleine. Steht nicht um mein Bett herum. Zum Glück merken sie nicht, dass ich weggelaufen bin. Oh, Sie gehen. Endlich, ich kann meine Kleider nehm...

Bevor Ben den Gedanken zu Ende spinnen kann, fällt er in einen unruhigen Schlaf. Von Albträumen geplagt, schwitzt er extrem. Immer wieder wacht er auf und kann lange nicht mehr einschlafen. Er träumt von Lara und den Ärzten, die ihn täglich schikanieren. Er träumt von Doktor Freihofer, wie sie ihn die Türe schliessen lässt. Doch auch lange Nächte gehen irgendwann zu Ende. So wacht Ben nach einer beschwerlichen Nacht auf und bemerkt, dass längst Mittag ist.

Wie lange habe ich geschlafen? Soll ich jetzt immer noch ausbrechen? Ich muss hier raus. Ich halte es keinen weiteren Tag hier aus. Der letzte Ausbruch war jedoch sehr anstrengend und zermürbend. Ich warte auf das Abendessen zur Stärkung dann folgt Ausbruchversuch Nummer zwei. Diesmal mit Kleidern. Was ist da in der Ecke? Lara? Wie lange steht sie schon da? Hallo. Ich achte auf die Melodie ihrer Stimme nicht auf das, was sie sagt. Wie Musik. Wo warst du? Es interessiert mich eigentlich nicht. Sie ist wieder da. Wieso greift sie nach meiner Hand? Ich habe schweissige Hände. Tränengefüllte Augen sehen mich an. Was ist passiert? Ihr Heulen und Schluchzen zerreisst mir das Herz, auch wenn ich weiterhin nur auf ihre Stimme achte. Der Klang ihrer Stimme, ihr Duft, alles an ihr erzählt eine eigene Geschichte. Eine Traurige, auch wenn ich sie nicht verstehe.

„Ach ja, die Ärzte fanden du könntest nach Hause, dein Zustand sei stabil.", ruft Lara beim Gehen mit einem traurigen Lächeln in den Raum. Über Gehen hatte Ben nicht mehr nachgedacht. Er wollte bleiben. Bei Lara.

Kapitel 4

Mein Sofa. Mein Bett. Ich bin wieder zu Hause. Der weiche Teppich. Meine Küche sieht noch so aus, wie ich sie verlassen habe. Wie damals vor dem Krankenhaus, kurz bevor ich zu... Frau Doktor Freihofer! Sie muss sich gewaltige Sorgen machen um mich. Ihre Nummer liegt neben meinem Festnetztelefon. Es läutet. Nimmt sie heute ab? Ist ihre Praxis heute überhaupt geöffnet? Ich muss es sie wissen lassen.

Klick

„Hallo? Psychiatrische Praxis Freihofer.", meldet sich die nette Assistentin, die Ben nun auch schon seit 7 Jahren jeden Tag gesehen hat. Völlig überwältigt und aus den Gedanken gerissen, bringt Ben kein Wort hervor. Beschämt hält er den Hörer in der Hand und starrt vor sich auf den Boden. Er kommt sich vor, wie ein Depp. Ruft an und bringt kein Wort hervor. Was muss wohl die Assistentin von ihm denken. Er beginnt erneut an zu erröten und zu schwitzen.

„Ben, schön wieder von Ihnen zu hören. Doktor Freihofer machte sich schon Sorgen, als sie nicht mehr zu den Terminen erschienen. Das sieht Ihnen nämlich nicht ähnlich, sonst sind Sie doch immer so überpünktlich. Vielen Dank auf jeden Fall, dass Sie sich melden, ich werde es weiterleiten. Ich nehme an Sie werden jetzt eine Sitzung wollen und morgen wieder wie gewohnt erscheinen. Ansonsten rufen Sie einfach noch mal an", quittiert sie, nachdem Sekunden lang nichts von Bens Seite zu vernehmen war. Sie kennt ihn nun auch schon eine Weile und wurde von Doktor Freihofer angewiesen, wie sie sich verhalten sollte im Umgang mit Ben. Schweissgebadet schmettert Ben den Hörer auf die Gabel. Das war zuviel auf einmal. Gestresst und müde stürmt er ins Badezimmer, wo er sich die Kleider vom Leibe strampelt und unter die Dusche steht.

Warum? Wieso muss sie so viel sagen? Lasst mich alleine! Das warme Wasser fliesst an meiner Wade entlang nach unten. Tausend Tropfen auf meiner Haut.Mir ist speiübel. Was hat Lara mir heute Morgen erzählt? Ihre Stimme ist so warm. Ihr blondes Haar, das ihr hübsches Gesicht wie einen Heiligenschein umrahmt. Ich wünschte, ich hätte eine Träne aufgefangen und mitgenommen. Ihre Tränen, sie sehen aus wie die reinsten und edelsten Perlen.

Dampfend steigt Ben aus der Dusche. Sein Badezimmer ist zum Dampfbad geworden. Er schnappt sich sein Frottiertuch und trocknet sich ab. Angespannt fixierte er eine Kachel, die siebzehnte von links und die einundzwanzigste von unten.

Sieht sie heute anders aus wegen des vielen Wasserdampfs? Einmal mit dem Tuch drüber und ja, sie sieht immer noch gleich aus. Gegen meinen knurrenden Magen muss ich noch was machen, bevor ich zu Frau Doktor Freihofer gehe. Mach ich mir Fisch?

Ein lautes Donnern unterbricht Bens meditative Kochsession. Draussen schüttet es wie aus Eimern.

Mist. Wo ist mein Schirm? In der Praxis? Im Krankenhaus? Bitte nicht im Krankenhaus! Nicht aufregen. Ich habe gerade erst geduscht. In der Stube. Stell dir die Friedenstaube vor, sagte sie.

Ben lässt vor lauter Aufregung den Schirm alles stehen und liegen und rennt aus seiner Wohnung nach draussen in den Regen. Grosse, schwere Regentropfen platschen auf seine rote Stirn. Regengefällt

Ben, wie auch die Nacht, denn dann ist niemand unterwegs und er kann entspannt durch die Stadt spazieren und seinen Geschäften nachgehen. Immer wieder lässt er die Gedanken um das Krankenhaus und das darin Geschehene kreisen. Ihm schaudert die Vorstellung, wegen des Schirms zurückzukehren. Der schwarz-weiss gepunktete Schirm ist eines der letzten Dinge, die er noch von seiner Mutter hat. Er war zu jung, als dass er sich noch an Ihr Gesicht erinnern könnte. Sie liess ihn eines Tages am Bahnhof stehen und wurde nie wieder gesehen. Er allein, er allein und der Schirm. Er wartete mehrere Stunden, bis die Polizei auf ihn aufmerksam wurde. Danach folgte ein ständiges Hin und Her zwischen Pflegeheimen und Pflegefamilien. Nichts war konstant in Bens Leben. Nichts nahm er mit von den vorhergehenden Familien und Heimen, nichts, ausser den Schirm. Der Schirm war das Einzige, was er noch von seiner Mutter hatte. Er hielt sich an seinem Schirm fest. Liess ihn nie aus den Augen. Das immerwährende Hin und

Her verhinderte es Ben eine Beziehung zu irgendeinem Menschen aufzubauen. Er distanzierte sich immer mehr und mehr, gar prinzipiell von allen Menschen. Er gewöhnte sich an das Alleine sein, doch mit dem ewigen Verstecken und Alleine sein, wuchs auch die emotionale Belastung, falls es zu Begegnungen oder gar Interaktionen mit anderen Menschen kam, welche jedes Mal grösser und unerträglicher wurde. Therapeut nach Therapeut scheiterte, bis er vor 10 Jahren zu Doktor Freihofer überwiesen wurde. Sie war die Erste, die ihn zu erreichen schien. Mit einer komplett neuen Behandlungsmethode erreichte sie Resultate. Sie wurde als letzte Instanz einbezogen, da Ihre Behandlungsmethode sehr ungewöhnlich und nur für Extremfälle ausgerichtet war. Ben wurde jedoch in der Zeit, die sich die Beamten liessen, zu einem Extremfall. So meinte man. Doch Doktor Freihofer mit ihrem Ansatz der "Exposition in vivo" erzielte einige kleine Fortschritte bei Ben. Das Prinzip der "Exposition in vivo" war allen behandelnden Therapeuten bekannt, nur empfanden sie es als den falschen Ansatz bei Bens Störung, da er dazu neigt bei zu viel Druck und Stress die Contenance zu verlieren. Der Clou bei dem Ansatz von Doktor Freihofer ist, dass der Patient, gleich wie bei einer normalen Exposition, den Gefahren und Stresssituationen des Alltags gegenübergestellt wird, nur geschieht das bei Doktor Freihofer nicht in einem abgestimmten Umfeld, sondern in echt und ganz normal. Natürlich wird der Patient auch 24/7 überwacht, falls es zu einem Kollaps käme, jedoch soll und darf er auf keinen Fall herausfinden, dass er bewacht wird. Nebenbei wird eine tägliche Sitzung in der Praxis vereinbart, oder auch mehr, damit der Patient das Gefühl bekommt, als wären die täglichen Sitzungen die Behandlung.

Der Duft von frischem Regen, ich liebe ihn. Hier links, dann müsste ich bei der Praxis sein. Da ist sie ja. Eins, zwei, drei, vier, fünf, sechs, sieben, acht, neun, zehn...sechsunddreissig Stufen.

Er tritt ein und geht hinauf. Im dritten Stock angelangt, öffnet er die Eichenholztür und geht hinein. Erschrocken und verdutzt macht er abrupt Halt.

…Zwölf, dreizehn. Was machen diese vielen
Leute in der Praxis? Wieso schauen sie mich alle an?
Ich bin tropfnass. Schnell auf die Toilette, dort kann
ich mich trocknen. Was auch immer die Leute hier
wollen, ich gehe ihnen aus dem Weg. Schwitzen sieht
man mir nicht mehr an, zum Glück, Regen hat auch
seine Vorteile. Bin ich rot? Da ist ein Spiegel. Bin ich
dieser Tomatenkopf, der mich mit weit aufgerissenen
Augen anglotzt? Das bin ich! Kein Wunder sieht mich
jeder an. Wasser! Ich brauch Wasser. Schnell! Kühl.
So schön kühl. Jetzt habe ich den Termin bei Frau
Doktor Freihofer. Wie komme ich am besten zu ihr
ins Zimmer um möglichst wenig Aufmerksamkeit zu
erlangen?

Die dreizehn Leute, die in Freihofers Praxis rumlungern sind für den Termin nach Ben hier, denn sie machen eine Gruppentherapie. Sie sind alle recht erstaunt, als aus der Toilette plötzlich ein Mann heraus stürmt und in das Behandlungszimmer rennt. Keuchend setzt sich Ben auf den roten Sessel und schaut in das erstaunte Gesicht von Doktor Freihofer.

„Was haben sie denn für einen Geist gesehen?", will sie ganz perplex wissen. Ohne eine Antwort zu erwarten, kann sie sich von selbst einen Reim darauf machen.

„Ah, die Menschen im Wartezimmer. Die sind hier für eine Gruppentherapie. Sonst kommst du eben immer zu einer anderen Zeit. Es liess sich diesmal einfach nicht vermeiden, da wir diese "Notfallsitzung" halten müssen. Erzählen sie mir, wo waren sie die letzten paar Tage? Es ist sehr ungewöhnlich für sie, nicht zu einer Sitzung zu kommen."

Immer noch fix und fertig vom Sprint bringt Ben kein Wort hervor. Er schaut sich im Zimmer um. Alles scheint so zu sein wie vorher. Immer wieder lässt er die Blicke kreisen. Etwas kommt ihm anders vor. Er findet jedoch nicht heraus, was es ist. Nach einer Weile beginnt er langsam Doktor Freihofer zu erzählen, was vorgefallen ist und wieso er nicht erscheinen konnte. Erstaunlicherweise zeigt Doktor Freihofer übermässig viel Verständnis. Kein Wunder, sie wusste natürlich von allem und hatte ihn die ganze Zeit über im Blick. Mit der Zeit gerät Ben richtig in einen Redefluss, sodass Doktor Freihofer kaum nachkommt mit ihren Notizen. Immer schneller und schneller und immer ausführlicher und offener wird die Erzählung von Ben. Als er aber zu Lara kommt, bricht der Redefluss ab und er beginnt zu stocken. Redet immer langsamer, bis er schweigt. Er versucht zwei bis dreimal neu anzusetzen schafft es aber nicht und gibt schlussendlich auf.

Ich schwitze. Weshalb? Es ist nur ein Name. Lara. Diese Röte im Gesicht. Es juckt. Es brennt. Es schmerzt. Frau Doktor Freihofers Gesicht ist neutral und ausdruckslos wie immer. Friedenstaube. Ich muss mich beruhigen. Immer mit der Ruhe.

„Ich sehe du erlebst vieles, lässt man dich mal kurz aus den Augen! Zum Schluss der Sitzung habe ich noch eine Frage. Wo hast du deinen Schirm? Den hast du ja immer dabei sogar wenn es nicht regnet, aber jetzt regnet es ja Hunde und Katzen." Auf Bens fragendes Gesicht kennt sie die Antwort schon. Beruhigend sagt sie ihm, dass sein Schirm nicht verloren gegangen ist. „Diese nette Dame", fährt sie fort, „war so nett und brachte den Schirm kurz vor deiner Ankunft. Sie können reinkommen!"

Ben klappt vor Verwunderung die Kinnlade herunter, als Lara in den Raum tritt und ihm mit einem breiten Lächeln den Schirm überreicht. Mit zitternder Hand nimmt er seinen Schirm entgegen und bringt kaum ein gestammeltes „Danke" hervor. Ben ist so fokussiert auf Lara, dass er nicht bemerkt, wie Doktor Freihofer den Raum verlässt. Lara setzt sich auf die Fensterbank. Mit dem Regen im Hintergrund macht das einen sehr tristen Eindruck. Sie sitzen beide einen Moment lang still da und niemand sagt ein Wort.

„Den hast du vergessen", flüstert sie in den Raum. „Ich sah in deiner Krankenakte, dass du behandelt wirst, da dachte ich mir bringe ich Ihn vorbei, ist ja nicht weit weg von mir Zuhause." Ihre Worte schweben im Raum. Ben traut sich nicht, etwas zu sagen, in der Angst, sie wie einen Schmetterling zu vertreiben, der beim kleinsten Wind davonfliegt und nie mehr wiederkommt. Nach einer Weile richtet sie sich auf, nimmt den Mantel unter den Arm, nickt Ben freundlich zu und verlässt die Praxis. Wie gelähmt bleibt Ben für ein paar weitere Minuten liegen. Er kann sich erst nach einer gewissen Zeit aufraffen, packt seine Siebensachen.

Jacke habe ich. Taschentuch ist eingepackt. Wasserflasche und Portemonnaie habe ich in der Tasche. Schirm und Stift, so das ist alles. Was ist in der Praxispassiert? Ich wollte meine Dankbarkeit für den Schirm ausdrücken, brachte jedoch nix hervor. Oh, es hat aufgehört zu regnen. Wo ist Lara echt hin? Nach Hause? Aber diesmal nehme ich wieder das Tram, sonst passiert wieder Schlimmes. Grausam war es. Schrecklich.

Seinen Schirm im eisernen Griff marschiert Ben so unauffällig wie möglich Richtung Tram. Ben steht ans Kopfende der Haltestelle und wartet. Er wartet geduldig zwanzig Minuten bis sein Tram ankommt- es hatte Verspätung aufgrund technischer Probleme.

In dieser Zeit wäre er zwar schon längst nach Hause gelaufen, jedoch kommt ihm das Warten angenehmer vor. Die hinter den Letzten Regenwolken hervorkommende Sonne scheint ihm ins Gesicht. Er geniesst die warmen Sonnenstrahlen auf seiner Wange, wahrscheinlich die letzten dieses Jahr. Die braunen Blätter an den Bäumen der Strasse entlang werden so von der Abendsonne beschienen, dass es wirkt, als würden die Bäume in Flammen stehen. Als nun endlich das Tram ankommt; steigt Ben als erster ein und hockt auf einen Platz. Ihm war das Tramfahren noch nie angenehm gewesen und er ist total unruhig.

So viele Menschen. So wenig Platz. Lasst mich schnellst möglichst wieder raus. Ich wisch mir besser die Stirn, sonst sieht noch jemand, dass ich schwitze. Zum Glück habe ich eine Jacke an, die verdeckt den Schweiss. Meine Haltestelle. Langsam aufstehen. Endlich draussen. Wieso sieht mich dieser Mann im

Tram immer noch an? Bin ich wieder die reinste To-mate? Schnell rein ins rettende Haus, dort sieht mich niemand mehr.

Er schliesst seine Wohnungstür auf und tritt ein. Es haut in fast aus den Socken, ein bestialischer Fisch-gestank lässt ihn fast ohnmächtig werden.

Mein Fisch. Nein. Den habe ich komplett verges-sen. Ihhhh. Dieser Gestank. Hoffentlich ist er nur in meiner Wohnung und die Nachbarn haben Nichts davon mitbekommen. Gut, dieser Fisch ist nicht mehr essbar. Ab in den Abfall. Ich stinke sicherlich auch nach Fisch. So kann ich nicht zu den Nachbarn gehen und mich entschuldigen. Anstrengender Tag heute. Ich geh besser mal ins Bett. Der Fisch ist ja jetzt auf-geräumt und so schlimm kann es für sie nicht gewe-sen sein. Ich kann nicht zu ihnen.

Der nächste wunderschöne Tag bricht an. Keine einzige Wolke ist am Himmel zu sehen. Ben steht wie gewöhnlich auf, duscht, kämmt sich die Haare und isst Haferflockenbirchermüsli.

Soll ich jetzt zu den Nachbarn gehen? Wegen des Vorfalls gestern? Ich kann nicht. Was werden sie von mir denken, wenn ich am Morgen in der Früh klingle und mich entschuldige. Eine Nacht später. Sie werden es vergessen haben und ich erinnere sie daran. Sie werden in meine beschämten Augen schauen und mich verurteilen. Nein, das geht nicht. Ich gehe einfach zu Frau Doktor Freihofer und lasse das hinter mir.

Langsam und bedächtig räumt Ben sein Morgengeschirr zusammen. Jedes Mal, wenn er die Küche macht, hat er Angst, die Wände im Haus seien zu dünn und man würde ihn hören. Das ist auch der Grund, wieso er nie spricht in seiner Wohnung. Keine

Selbstgespräche, kein Telefonat. Auch einen Fernseher sucht man in Bens Wohnung vergebens. Würde viel zu viel Aufmerksamkeit erregen. Nachdem er sich die Zähne geputzt hat, packt er seine Jacke, Pullover und Schirm und bereitet sich vor, nach Draussen zu gehen.

Weisse Wand. Stell dir eine weisse Wand mit der Friedenstaube von Picasso vor. Das ist was Frau Doktor Freihofer zu mir sagte. Eins, zwei, los! Habe ich gerade Stimmen gehört? Sind es die Nachbarn? Ich kann ihnen unmöglich begegnen. Was mach ich jetzt? Ich muss zu Frau Doktor Freihofer. Die Stimmen verstummen. Puh, was für ein Glück.

Ben nimmt seinen Schirm fest in die Hand, drückt die Türklinke herunter und schreitet entschlossen aus seiner Wohnung in das Treppenhaus. Kaum hat er seine Wohnung verlassen flüchtet er zurück hinein. Sie stehen noch dort. Seine Nachbarn stehen noch im Treppenhaus. Erschrocken und entsetzt setzt sich Ben auf den Boden hinter der Tür. Er fasst sich mit den Händen an den Kopf. Kalter Schweiss bricht aus. Was soll er tun? Eine Idee keimt in ihm auf. Blitzschnell greift er zum Hörer und wählt eine Nummer. Er rennt zur Wohnungstür und lauscht mit dem Ohr daran gedrückt konzentriert. Eine Sekunde. Zwei Sekunden. Nichts. Enttäuscht lässt er den Arm hängen. Doch dann! Ein Telefonklingen zerreisst die Stille.

„Tut mir leid da muss ich ran, das ist mein Telefon. Schönen Tag", hört Ben den Nachbarn sagen. „Kein Problem ich muss sowieso langsam los. Auf Wiedersehen!", antwortet eine andere unbekannte Stimme.

Ben ergreift die Chance, legt auf, liest seine Sachen vom Boden auf und rennt aus der Wohnung ohne dass ihn jemand gesehen hätte. Erfolg auf ganzer Linie. Nur der Nachbar steht verdutzt vor seinem Telefon mit niemandem am anderen Ende der Leitung.

Auf der Strasse feiert Ben für einen kurzen Augenblick sein Genie, bis er wieder die stechenden Blicke der Passanten auf sich spürt. Mit tief ins Gesicht gezogener Kapuze schleicht Ben zur Tramstation. Knapp hat er das Tram erwischt. Er steigt ein und will sich auf seinen Platz setzten, wo er sonst immer sitzt. Frechheit, da sitzt schon jemand. Fassungslos starrt er die Person an, die ihm seinen Platz stahl. Seinen Platz. Die Person auf dem Platz mit roter Zipfelmütze und beigem Mantel bemerkt Ben und schaut ihm in die Augen, worauf sich Ben blitzartig umdreht. Am liebsten würde Ben jetzt in die Hocke gehen und sich unsichtbar machen. Peinlich, ist das einzige Wort, das ihm immer und immer wieder durch den Kopf fliegt. Du bist peinlich, alle lachen sie dich aus. Du schwitzt, du stinkst und du siehst aus wie eine hochreife Kirsche im Hochsommer. Immer wieder redet er sich ein, was für eine Schmach es sei, allein schon zu existieren. Endlich darf er aussteigen. Er geniesst die frische Luft, nimmt zwei tiefe Atemzüge und geht in Richtung Praxis. Oben angelangt grüsst ihn die Sekretärin, wie immer sehr freundlich. Heute ist, sehr zu Bens Erleichterung, die Riesengruppe von gestern nicht hier. Zehn Minuten nach Ankunft tritt er ins Zimmer, wo Doktor Freihofer heuteauf ihn wartet, mit einem viel entspannteren Gesichtsausdruck als gestern,.

Kapitel 5

„Oh, und bevor du gehst, habe ich noch einen Vorschlag für dich", sagt Doktor Freihofer, als Ben schon die Klinke runter gedrückt hat. „Meine Familie besitzt eine Hütte in den Bergen, wäre es nicht eine Überlegung wert, dass Sie dort eine Woche Ferien machen? Abseits von allen Menschen. Dort ist man wirklich mutterseelenallein und es wird auch nie jemand ungewollt dort vorbeikommen, es ist sehr abgelegen.

Ben hört geduldig zu. Es tönt nach einem Traum, der in Erfüllung geht. Er, alleine, ganz alleine. Ben braucht keine Sekunde, um zu begreifen, dass das seine Chance ist, abzuschalten. Doktor Freihofer genügt Bens in Gedanken versunkenes Gesicht als Bestätigung. Lange bleibt Ben noch in der Praxis. Sie diskutieren ausgiebig, was für eine Verantwortung Ben übernehmen muss, um alleine in die Berge zu gehen. Doktor Freihofer übergibt Ben am Ende den

Schlüssel und sagt ihm, wann er gehen kann. Sie bietet Ben sogar an, ihn zu fahren, was Ben dankbar annimmt, denn ihm graust es vor der Zugfahrt. Es dunkelt bereits, als Ben auf die Strasse tritt. Noch nie war er so lange bei Doktor Freihofer gewesen. Mit einem breiten Lächeln auf dem Gesicht tritt er den Heimweg an. Die Strassenlaternen schalten ein, als er auf sein Tram Nummer zehn wartet. Er geniesst die kühle Abendluft.

Einatmen. Ausatmen. Noch zwei Tage, dann gehe ich in die Berge. Liegt vielleicht schon Schnee? Mein Tram. Einfach einsteigen. Lass dir die Freude nicht ansehen. Die Menschheit ist gemein. Kaum sieht sie die Freude eines Anderen versucht sie dran teilzuhaben und stiehlt sie ihm. Lasst mich schnell wieder raus. Sie schauen schon. Wievielmal bin ich nun schon in diesem Tram gesessen? Wievielmal sehe ich immer wieder neue Leute? Was wollen diese Leute von mir? Lasst mir doch meine Freude und ruiniert nicht alles! Ich will nach Hause!

Die zwei Tage des Wartens vergehen wie im Flug und ehe Ben sich versieht, sitzt er im Auto von Doktor Freihofer, unterwegs in die Berge. Sie fahren vorbei an wunderschönen Tälern, Wäldern, steilen Bergen und türkis blauen Flüssen. Je länger sie fahren, desto höher kommen sie und links und rechts von der Strasse liegt mehr und mehr Schnee, bis man den Boden nicht mehr sieht. Es beginnt zu schneien. Bald verwandelt sich das sanfte Schneetoben in einen wilden Schneesturm und kurz darauf ist die Strasse schneebedeckt und links und rechts liegt meterweise Schnee. Währen der Fahrt merkt Ben, dass er das Wichtigste vergessen hat vor Vorfreude. Seinen Schirm. Er hat keine Möglichkeit sich vor dem Schnee zu schützen, oder vielleicht wird er von Einbrechern in der Zwischenzeit gestohlen. Doktor Freihofer lenkt trotz Bens wiederholtem Drängen hin nicht ein und fährt nicht zurück, um den Schirm zu holen. Niedergeschlagen schaut Ben aus dem Fenster und lässt seine Gedanken schweifen. Beider Hütte angekommen hat es aber auch schon aufgehört zu schneien.

Doktor Freihofer hilft Ben sein Gepäck in das Haus zu verfrachten und verabschiedet sich darauf auch schon wieder. Als die Tür hinter Doktor Freihofer ins Schloss fällt und Ben den Motor starten hört, überkommt ihn ein grosses Gefühl der Erleichterung und Entspannung. Er ist endlich alleine. Nicht dass ihn Doktor Freihofers Präsenz gross gestört hätte, aber er fühlt sich zum ersten Mal in seinem Leben komplett entspannt. Keine Nachbarn, kein Tram, das alle zwanzig Minuten vor seinem Fenster durchrattert. Einfach nichts und niemand.

Eine Woche, sagte Frau Doktor Freihofer, habe ich hier, dann kommt sie mich am Freitag abholen. Eine Woche ist lange. Was mache ich nur in dieser Zeit. Nur kein Stress oder Druck. Ich setzte mich vor den Kamin und geniesse die Ruhe. Zum ersten Mal niemand der mich verachtet, aus dem simplen Grund, dass niemand im Umkreis von geschätzten zehn Kilometern ist. Diese Hütte ist sehr schön, ich mag den rustikalen Stil, in dem sie eingerichtet ist. Wie Frau Doktor Freihofer wohl zu dieser Hütte kommt.

Wahrscheinlich, gehört sie jemandem in der Verwandtschaft. Was ist, wenn Frau Doktor Freihofer dem Besitzer nicht gesagt hat, dass ich, ein Patient, hier bin? Was ist, wenn dieser Jemand hochkommt und mich hier sieht? Wie soll ich Ihm das erklären, er wird mich für einen Einbrecher halten und bestimmt die Polizei rufen. Die verhaftet mich dann und ich werde in eine Zelle gesteckt, am schlimmsten noch mit Zellengenossen, die sich Tag und Nacht über mich lustig machen werden, weil ich wegen einem solch lächerlichen Missverständnis inhaftiert wurde. Was soll ich bloss machen? Ich verriegle die Tür, so kommt niemand herein.

Mühselig schiebt Ben die Ledercouch vor den Hauseingang, verschliesst die Tür und lehnt sich befriedigt zurück. Von aussen kann nun niemand mehr die Tür aufstemmen. Mit reinem Gewissen und der Sicherheit nicht gestört zu werden, beginnt Ben sich im Haus umzuschauen. Er inspiziert die Küche und die Töpfe. An Kochutensilien wird es ihm auf jeden Fall nicht fehlen. Als er den Kopf dreht und den alten, hölzernen Kühlschrank erblickt, erschrickt er zu Tode. Er hat auf der Hinfahrt etwas Essenzielles vergessen. Wovon soll er sich nur eine Woche lang ernähren? Sie hätten doch einen Zwischenstopp einlegen sollen und Proviant einkaufen sollen. Hastig reisst er die Kühlschranktür auf und zu seiner Erleichterung findet er einen von oben bis unten mit Esswaren gefüllten Kühlschrank vor. Zum Glück hat Doktor Freihofer vorgesorgt. Langsam schleicht er in den oberen Stock, wo er Badezimmer und Schlafzimmer vorfindet. Das Badezimmer ist ordentlich. Nichts Aussergewöhnliches. Ein Spiegelschrank, eine Badewanne und das Highlight, ein in die Wand eingebauter Föhn. Wie im Hotel. Nicht dass Ben schon jemals in einem Hotel war, zu viele Menschen, zu viel soziale Interaktion, widerlich. Aus Neugier macht Ben den Spiegelschrank auf und findet zu seiner Enttäuschung lediglich ein paar Medikamente und Salben. Auf ins nächste Zimmer, das Schlafzimmer. Auch nichts Extravagantes. Ein Schrank, ein Nachttisch und ein Doppelbett.

Wieso ein Doppelbett? Mir käme es doch nie in den Sinn mit jemandem in einem Bett zu schlafen. Wer würde schon freiwillig mit einer anderen Person als mit sich selbst in einem Bett schlafen, das ist doch Folter. Oh, es gibt einen Balkon. Kalt. Es ist sehr kalt. Wie schön man die Berge von hier sieht. Schnell wieder rein. Vorsichtig die Türe schliessen, sonst hören es die Nachbarn... Ich habe jetzt ja keine. Gewohnheit. Wie gemütlich es sich leben liesse. Wie spät ist es? Verdammt, hoffentlich gibt es in diesem Haus eine Uhr. Nein, im Schlafzimmer sehe ich keine. Im Badezimmer suche ich auch vergebens. In der Küche bin ich auch fehl am Platz. Das Wohnzimmer hat zwar einen Fernseher aber keine Uhr. Ich bin aufgeschmissen. Zu Hause habe ich immer meine Wanduhr, die mir tagtäglich die Zeit verrät, eine Armbanduhr will ich nicht und ein Smartphone, wozu auch! Wozu brauche ich überhaupt eine Uhr, ich habe ja keine Termine, die ich einhalten muss, nirgends wo ich hinsollte. Ich bin frei! Ich habe Hunger. Soll ich nun schon etwas kochen? Das Problem ist, ich weiss nicht, ob schon sechs Uhr abends ist. Ich esse immer um diese Zeit. Andererseits ist es draussen schon dunkel und ich habe Hunger. Soll ich meine Prinzipien über den Haufen werfen und unorganisiert wirken? Doch, wer wird es mitbekommen? Richtig, niemand. Ich mache mir jetzt zu Essen!

Ben nimmt sich vor zur Feier des Tages ein Festmahl zuzubereiten. Lachsterrine mit einer Limetten-Kapern Sauce, dazu Dillkartoffeln und eine reichhaltige Gemüsevariation. Das soll es werden. Gemüse findet er zuhauf im Kühlschrank. Zucchini, Tomaten, Paprika, Zwiebeln, Karotten, alles was das Vegetarierherz begehrt. Auch Kartoffeln sind im Überfluss vorhanden. Doch nun fängt Ben an zu zweifeln.

Wo ist der Fisch? Ich esse fast immer Fisch. Lachs, Forelle, Tintenfisch, Hauptsache es schwamm einmal. Wieso ist kein Fisch vorhanden? Stinke ich etwa oft nach Fisch und Frau Doktor Freihofer wollte mir somit ein Zeichen setzen? Gehe ich nach Fisch muffelnd tagtäglich durch die Stadt? Erklärt das all die lästigen Blicke? Aber ich mag Fisch. Fisch ist das einzige Tier, das ich ohne schlechtes Gewissen essen kann. Eine Kuh, ein Schwein oder ein Huhn könnte ich niemals essen. Die sind viel zu niedlich, und was würden Andere denken, wüssten sie ich hätte ein solch süsses Tier auf dem Gerwissen? Alle würden sie auf mich herabschauen. Doch bei einem Fisch, pff. Der ist dumm, kalt und ekelig, um den ist's nicht schade. Doch ich muss Tierisches essen, das hat mir Frau Doktor Freihofer gesagt, sie hat gesagt, Fleisch oder Fisch ist gut für den Muskelaufbau und überhaupt gesund für den Körper. Ich habe auch einmal gelesen, als ich mich hinter einer Zeitung versteckte, dass tierische Proteine gut für das Gehirn sind. Es muss doch Fisch haben in diesem Kühlschrank. Hackfleisch, Schnitzel, Cordon Bleu, nur kein Fisch. Hinten, da sah ich noch eine Packung. Was ist das? Fischstäbchen, besser als nichts.

Ben, ganz verschwitzt, wäscht sich die Hände und beginnt das Gemüse zu rüsten. Nach dreistündiger

Kocherei steht das Gericht auf dem Tisch. Fischstäbchen mit Sauce Hollondaise aus dem Beutel. Er fand weder Zitronen noch Kapern oder Salzkartoffeln, Dill suchte man auch vergebens im Gewürzschrank und als krönenden Abschluss eine undefinierbar verkochte Gemüseplörre. Enttäuscht und niedergeschlagen setzt sich Ben an den Esstisch und schaufelt die breiige Schmach in sich hinein. Nachdem er abgewaschen hat, schleppt er sich mit Bauchschmerzen die Treppe hinauf und fällt im Bett angekommen in einen tiefen Schlaf - was für ein anstrengender erster Tag.

Die Sonne, wieso ist sie so grell? Ich will noch schlafen. Ich hätte gestern Abend die Vorhänge ziehen sollen. Nie wieder. Ich habe gestern die Zähne gar nicht geputzt. Das muss ich schnell nachhohlen, ich stinke wie die Pest.

Wie von der Tarantel gestochen springt Ben auf und rennt fluchtartig in das Badezimmer, reisst die Zahnbürste aus dem Zahnglas, schmiert eine halbe Tube Zahnpasta darauf und schrubbt, als müsste er einen Titel verteidigen. Mit einem breiten Grinsen steht Ben nach exakt drei Minuten vor dem Spiegel und macht seine alltägliche Weissheitskontrolle.

Zähne sind blitzblank. Keine Plaque, kein gar nichts. Niemand wird mich schräg ansehen aufgrund meiner Zähne. Sie sind sauber und weiss. Geruchstest ist auch positiv, also negativ, also kein Geruch. Nun das Frühstück. Runter sind es genau elf Treppenstufen, das habe ich mir gestern gemerkt. Heute mach ich mir Brot mit Honig, als Abwechslung zu gestern, da gab es Brot mit Konfitüre. Ich esse, was die Allgemeinheit isst, so falle ich weniger auf.

Ben setzt sich mit zwei Brotscheiben an den Tisch und schmiert Honig darauf. Nicht viel, er ist ja kein Gierschlund, aber auch nicht wenig, auch knauserig will er nicht rüberkommen. Er will sich in die breite Masse einfügen und keinesfalls herausstechen. Deshalb wechselt er sich auch immer zwischen Konfitüre und Honig ab, den "normalen" Brotaufstrichen. Deshalb nimmt er auch nie mehr als zwei Brotscheiben, ein schönes Mittelmass, nicht zu dünn, nicht zu dick. Er vermeidet jegliche Differenz zu der Allgemeinheit dadurch, dass er immer das macht, was die anderen normalerweise auch so machen.

Ich falle sonst schon genug auf, da muss ich mich nicht auch noch durch meine Essgewohnheiten hervorheben. Es tut gut zu wissen, dass mich niemand beobachten kann, da die Zufahrt zu diesem Haus gesperrt ist und ich somit alleine bin. Niemand beurteilt, lästert oder lacht über mich. Zumindest für diese Woche. Zumindest für eine Woche. Einmal im Leben.

Langsam nickt Ben über seinem leeren Frühstücksteller ein, er hat viel Stress abzubauen und noch mehr Schlaf der letzten paar Jahre, aber vor allem Wochen nachzuholen. Er träumt von Lara, wie ihr Lächeln und ihre Wärme ihn umgibt, wie sie im Auto sitzen und im Schneetreiben auf einer kurvigen Strasse entlangfahren. Immer heftiger wird das Schneetreiben um sie herum, doch im Auto bleibt es gemütlich und warm. Das Auto bleibt stecken, doch

Lara strahlt eine Ruhe aus, die sich auf Ben überträgt. Mehr und mehr Schnee häuft sich um das Auto herum an, doch weder Lara noch Ben stört es. Ben und Lara schauen sich lange in die Augen. Ihre Lippen wandern näher und näher aneinander. Das Auto wird ganz eingeschneit. Helles weisses Licht blendet Ben. Verzweifelt ruft er nach Lara, doch hören tut er nichts. Voller Panik schreit er aus voller Kehle. Nichts. Er ist stumm. Kein laut kommt aus seiner Kehle. Verzweifelt versucht er im hellen Weiss etwas zu erkennen, vergebens. Hektisch fuchtelt Ben mit den Armen, immer verzweifelter und voller Furcht schreit Ben. Ein dumpfer Schmerz am Ellenbogen holt ihn zurück in die Wirklichkeit. Mit weit aufgerissenen Augen wacht Ben auf. Er hat sich am Tisch angeschlagen. Ben schreit sich die Seele aus dem Leib, die Panik hat ihn noch fest im Griff. Er rennt hastig die Treppe hoch und bleibt im Flur völlig ausser Atem stehen. Ein letztes Mal schreit er mit aller Kraft nach Lara, bis er langsam in der Realität ankommt. Ausser Atem und kraftlos sackt er zusammen. Wie ein erlegtes Tier liegt Ben am Boden. Er braucht einige Minuten, bis er alles verarbeitet und sich sein Herzkreislauf normalisiert hat. Immer wieder aufs Neue geht er den Traum im Kopf durch und verinnerlicht jedes einzelne Detail. Mühsam richtet Ben sich auf. Ihm wird schwindelig und Sterne tanzen vor seinen Augen. Schritt für Schritt geht er behutsam die Treppe runter in das Wohnzimmer. Dort findet er noch die Überreste seines Frühstücks. Einen zerbrochenen Teller und mittendrin ein angebissenes und ein fast aufgegessenes Honigbrot. Mühsam hebt er die Brotstücke auf und wirft sie voller Scham in den Abfalleimer. Essen wegwerfen tut Ben ansonsten nicht. Während zehnminütiger höchster Konzentration klaubt er die Splitter aus dem übriggebliebenen Honig.

Was war das? Dieser Traum war schrecklich. Ich habe im Schlaf einen Teller zerstört. Frau Doktor Freihofer wird sicher sehr entsetzt sein. Ich kann es immer wieder sagen: Zum Glück bin ich hier allein. Zuhause mit meinen Nachbarn wäre das schrecklich gewesen. Sie hätten garantiert den Teller brechen hören. Schlimmer noch. Vielleicht habe ich im Traum geschrien. Das hätten sie garantiert gehört. Dann wäre die Polizei gekommen und ich hätte mich vor ihr verantworten müssen, wieso ich so ein Ruhestörer bin. Grausam.

In Gedanken an das, was hätte passieren können, gerät Ben komplett ins Schwitzen. Ben holt sich einen Lappen, um den Honigfleck vom Boden aufzuwischen. Ihm wird heiss. In seinem Kopf dreht sich alles. Seine Gedanken kreisen immer schneller und schneller. Zuerst um die Nachbarn bei sich zuhause, dann um Doktor Freihofer, was wäre, wenn sie doch käme. Dann schlussendlich denkt er an Lara. Der Sturm in seinem Kopf scheint schwächer zu werden, doch die Gedanken kommen wieder, mehr und mehr Gedanken, die weiter und weiter zirkulieren. Ben wird es zu viel. Er hält den Lappen krampfhaft fest, als könnte er in die Tiefe stürzen, würde er ihn loslassen. Ben bewegt sich keinen Zentimeter von der

Stelle. Am ganzen Körper zitternd, kniet er am Boden. Auf einmal steht er ruckartig auf und läuft hastig die Treppe hoch in das Badezimmer. Er reisst sich die Kleider vom Leibe und stellt sich unter die Dusche. Das kühle Nass hilft ihm zu entspannen. Er lässt das Wasser an seinem Körper entlang nach unten fliessen. Nach der beruhigenden Dusche geht er wieder nach unten, räumt alles auf und geht in den Keller, weil er gestern dort noch nicht war. Unten findet er eine Waschmaschine, eine Hängeleine und hinter der Treppe sieht er Brennholz.

Aha, hier ist es also, ich fragte mich gestern schon, wo Holz ist, um das Kamin einzufeuern. Gut, hier ist auch ein Korb, mit welchem ich Holz hinauftragen kann. Das ist gutes Holz, gut gelagert und sehr trocken. Dreiundzwanzig Holzscheite und wenig Kleinholz sollte reichen für heute und morgen. Auf das Kamin habe ich mich schon lange gefreut. Seit mir Frau Doktor Freihofer diese Ferien vorgeschlagen hat, erzählte sie vom Kamin. Ich mag Feuer, es hat eine so beruhigende Art und Weise. Die Flammen tanzen, die Funken fliegen, es knistert und ist warm. Puh, sind die Scheite schwer.

Ben trägt den Korb mit dem Holz nach oben und stellt ihn vor das Kamin. Er schiebt den am bequemsten aussehenden Sessel vorne hin und macht Feuer. Das Holz brennt gut. Doch dann wird die Luft immer stickiger und rauchiger. Da fällt es Ben ein. Er vergass die Rauchklappe zu öffnen. In Eile, bevor es noch mehr Rauch gibt, sucht Ben etwas, um diese zu öffnen. An der Seite des Kamins wird er fündig. Ein Hebel löst das Problem. Die Klappe öffnet sich und der Rauch zieht ab. Ben geht zum Fenster und öffnet es. Ein frischer Wind weht in die Hütte. Lauthals beginnt Ben zu lachen. Ben weiss selber nicht genau wieso er lachen muss, doch kann und will er nicht aufhören zu lachen. Es ist lange her, dass er gelacht hat. Wie peinlich wäre es doch, würde er lachen. Nie in der Öffentlichkeit, die Passanten, nie Zuhause, er hat ja Nachbarn. Schon gar nie in der Praxis. Ben lacht und lacht immer weiter, bis er anfängt zu husten, doch auch das lässt ihn nicht aufhören. Irgendwann hört er auf, er hat Bauchschmerzen. Beflügelt von der guten Laune entscheidet er sich nach draussen zu gehen. Mühselig zieht und schiebt er die Couch wieder an ihren ursprünglichen Platz. Als er die Türe aufschlägt, peitscht ihm ein eisiger Wind ins Gesicht.

Es ist immer noch sehr kalt. Viel zu kalt. Meine Winterjacke reicht hier nicht aus. Ich zieh mir am besten nochmals einen dicken Pullover an. Hier muss ich mich ja nicht darum kümmern, wie ich aussehe, oder wie mich die Leute anglotzen, oder wieso. Ich bin ganz alleine. Anders als in der Stadt, dort muss ich im grössten Schneesturm mit nur einer Schicht aus dem Haus. Soziale Normen. Dicke Socken? Schaden kann es nicht. Anlauf Nummer zwei. Tür auf und hinaus. Viel erträglicher. Immer noch frisch, aber viel angenehmer. Zum Glück hat sich der Schneesturm gelegt. Es liegt so viel Schnee. So viel habe ich noch nie gesehen. Man sieht gar keine Konturen mehr. Wege, Strassen, Büsche alles liegt vergraben unter dem Schnee. Vor dem Haus, da, der einzige Baum weit und breit. Ich erinnere mich, dort beginnt auch die Strasse. Nun sieht man aber nichts mehr von der Strasse. Wie soll ich nur runterkommen, wenn die Strasse doch offensichtlich nicht befahrbar ist? Nicht befahrbar, das heisst aber auch, dass niemand hochkommen kann. Definitiv.

Absolutes Gewissen zu haben, dass niemand ihn stören oder gar beobachten kann, verleiht Ben ein Gefühl der unendlichen Freiheit. Ben, beflügelt durch den Gedanken total ungestört zu sein, rennt, ohne nachzudenken, in eine Richtung los. Rennen kann man es nicht nennen, besser er watet, stolpert und hüpft durch den hüfttiefen Schnee. Es ist sehr anstrengend, sodass er nach wenigen Schritten ins Schwitzen kommt. Er läuft immer weiter und weiter, mal links, mal rechts, mal diagonal, mal rückwärts. So frei fühlte er sich noch nie. Ben kommt die verrückte Idee, sich im tiefen Schnee zu vergraben. Er beginnt zu wühlen, zu buddeln und mit den Händen zu schaufeln. Nach einer kurzen halben Stunde ist eine Mulde, gerade gross genug für Ben, freigelegt.

Ben legt sich hinein und deckt sich mit Schnee zu, sodass nur noch sein Gesicht herausschaut.

Der Schnee ist so weich. Er fügt sich perfekt meinem Körper an. Ich liege, wie auf Wolken. Wolken hoch über allem anderem. Fern ab von jeder Stadt, weit weg von allen Menschen. Ich fliege. Der Wind. Die Kälte. Das Gefühl der Schwerelosigkeit. Alles ist, wie es hoch oben ist. Ich schaue hinab, auf die Menschen, die sich in meinem Leben über mich lustig gemacht haben. Ich schaue hinab auf die Menschen, die schwitzen, erröten und sich schämen. Ich bin eine Wolke, ich habe mich vor nichts zu schämen. Als Wolke lebt sich das Leben wesentlich einfacher. Huch was ist das?

Ein Windstoss blasst Ben Schnee ins Gesicht. Er öffnet die Augen. In seiner Tagträumerei versunken, vergass er komplett die Zeit. Es dämmert bereits. Keuchend wühlt sich Ben aus dem Schnee und steht auf. Der vorhin so schön blaue Himmel erscheint jetzt in noch schönerem orange-rot. Die Sonne verschwindet langsam hinter einem Gipfelkamm und Ben geniesst die Atmosphäre. Ben betrachtet mit leerem Kopf staunend den Sonnenuntergang. Dunkler und dunkler wird es, je länger Ben dort steht. Erst als es komplett dunkel ist, macht sich Ben Gedanken um den Nachhauseweg. Verzweifelt starrt Ben in den Himmel. Es ist eine mondlose Nacht. Kein Licht, nur das der Sterne. Man sieht praktisch nichts. Und wo ist die Hütte? Als er seine Notlage erfasst, steigt Panik in Ben auf. Es ist so dunkel geworden, dass er seine Fussspuren nicht mehr sieht. Blind, verzweifelt und hilflos tastet Ben die Schneeoberfläche nach seinen Spuren ab. Am Boden kriechend, kommt Ben nur sehr langsam vorwärts. Ben schalt sich einen Idioten. Immer wieder aufs Neue. Den Zickzack, den er am Tag gelaufen ist, macht den Heimweg nicht gerade einfacher, sondern im Gegenteil viel schwieriger. Ben kriecht stundenlang im Schnee herum, bis er um zwei Uhr morgens in der Ferne die Hütte erblickt. Zum ersten Mal in seinem Leben war er dankbar, dass er vergessen hatte das Licht beim Verlassen des Hauses auszuschalten. Mit letzter Kraft schleppt sich Ben die Treppe hoch und ins Bett. Erschöpft und ausgelaugt, bewegt er sich keinen Zentimeter weiter und liegt dort, wie ein Sack Kartoffeln. Schlaff und ohne Kraft. Eine traumlose Nacht folgt. Am Morgen, als Ben aufsteht, tritt er auf den Balkon vor dem Schlafzimmer und geniesst die Morgensonne. Der Himmel ist klar, die Temperatur eisig. Ein Niesen holt Ben aus seinem Trance-ähnlichen Zustand. Er bemerkt die Kälte und flüchtet nach Innen. Schwerfällig steigt er die Treppen hinab. Ben fühlt sich richtig erholt. Seit langem ist er zum ersten Mal richtig gut gelauntund ausgeschlafen. Entspannt, setzt er sich als allererstes vor den Kamin und räumt die Asche vom gestrigen Feuer beiseite, um ein neues zu entfachen. Ein kleines Flämmchen züngelt an den grossen Holzscheiten, als er das Kleinholz zum Brennen bringt. Kurz darauf brennt ein grosses Feuer und Ben ist mächtig stolz auf sich, ein richtiges Feuer erschaffen zu haben. Zufrieden geht Ben in die Küche und schneidet sich zwei

Stück Brot ab. Heute gibt es Konfitüre darauf. Erdbeerkonfitüre. Herzhaft beschmiert er beide Scheiben mit zünftig viel der süssen, roten, klebrigen Masse. Fünfzehn Minuten später ist Ben pappsatt. Er wankt zum Sessel vor dem Kamin und lässt sich plump darauf fallen. Das Feuer beobachtend, lässt er den gestrigen Tag nochmals Revue passieren. Mehrmals überkommt ihn eine Gänsehaut. Traumatisiert vom gestrigen Schneealbtraum entscheidet er sich, heute einen gemütlichen Tag in der Hütte einzulegen. Wiederum geht er in die Küche, bringt Wasser zum Kochen und sucht die Schränke nach etwas Gebäck ab. Das Wasser kocht, also giesst er es in einen Krug, schnappt sich eine Tasse und einen Unterteller und begibt sich mit vollen Händen zurück zum Sessel. Vorsichtig balanciert er Kekse, Unterteller und Tasse in der einen Hand, den randvoll gefüllten Krug in der anderen. Vorsichtig setzt er einen Fuss vor den anderen, immer bedacht, weder etwas in der linken, noch etwas in der rechten Hand zu verschütten. Doch, so musste es kommen: Ben stolpert über die Teppichkante und der Tee schwappt über. Zu Gunsten von Bens physischer Versehrtheit blieb sein Fuss vor dem kochenden Nass verschont, nicht so der Teppich. Entsetzt starrt Ben auf den Boden. Ein riesiger Teefleck auf dem Teppich. Hastig schiebt Ben alle Möbel auf dem Teppich auf die Seite. Auf dem Balkon im oberen Stockwerk hängt er den Teppich über die Brüstung. Mit Wasser aus der Tasse, die er immer wieder im unteren Stock auffüllt, wäscht er den Fleck mühselig aus dem Teppich. Auf dem Balkon heult der Wind um die Ecke. Eisiger, trockener Wind. Mit tauben Fingerspitzen geht Ben nach getaner Arbeit wieder in die gute, warme Stube. Kein Tee, Kein Teppich, nur noch das Feuer knistert vor sich hin. Geistesabwesend schiebt Ben den Sessel wieder vor das Kamin und lässt sich darauf fallen. Ben blickt in das Feuer und macht keinen Wank. Er lauscht dem Knistern des Feuers und erfreut sich am Tanz der Flammen. Hypnotisierend schlängeln sie sich hin und her. Mal wachsen sie, dann werden sie wieder kleiner. Das

Holz wird zu Kohle, fällt in sich zusammen, bis nur noch Glut ist. Ben steht auf, nimmt ein Holzscheit und legt es auf die Glut.Rückwärts torkelt er wieder auf seinen Platz. Die noch vorhandene Glut reicht aus, um das Holzscheit wieder zu entflammen. Der Rauch steigt im Kamin empor und verschwindet nach draussen. Jedoch auch das letzte Scheit verbrennt mit der Zeit komplett und fällt in sich zusammen. Ein kleiner Gluthaufen bleibt zuletzt übrig. Inzwischen ist es dunkel geworden. Das wenig Rot, die übriggebliebene Wärme, entweicht auch irgendwann der Glut, kein Licht. Es ist stockdunkel. Ben sitzt immer noch auf dem Sessel, und lässt das Nachglühen noch auf sich wirken. Eine halbe Stunde nachdem das Feuer erlosch, spürt Ben immer noch die Wärme auf seiner Haut. Über den Teppich verlor er an diesem ruhigen Tag keinen weiteren Gedanken.

Der Fleck ist sicher weg, bis ich wieder nach Hause muss und Frau Doktor Freihofer mich holen kommt. Wieso sollte ich mir diesen entspannten Tag von so einem blöden Fleck vermiesen lassen. Meine Kehle ist trocken, das Atmen fällt mir schwer. In der Küche sollte noch ein Glas stehen. Ahh, frisches, kühles Nass. Es wirkt belebend, man fühlt sich wie ein Schwamm, der sich mit Wasser vollsaugt. Noch ein Glas. Ich vergass total das Trinken. Ich war wie gelähmt, die Wärme tat gut. In mir steckte noch immer die Kälte von gestern. Nie mehr wieder. Ob der Teppich schon trocken ist?

Voller Tatendrang steigt Ben die Treppe hoch, in das Schlafzimmer und auf den Balkon. Verdutzt steht er vor dem Teppich, den er über den Balkon gehängt hat. Er ist weder Trocken, noch nass, sondern gefroren. Ben nimmt ihn rein und stellt den Teppich ins Badezimmer. Der Teppich steht wirklich, als wäre ein Drahtgestell im Innern, das ihn in Form hält. Voller Sorgen, ob das dem Teppich schadet, doch mit einem breiten Grinsen steht Ben vor dem Teppich. Ben geht im Badezimmer auf und ab. Was soll er mit dem Teppich machen? Er entscheidet sich kurzerhand dazu ihn am nächsten Tag noch einmal zu begutachten, da er schlicht zu müde ist um klar zu denken. Die Hitze des Feuers hat ihn richtig ausgelaugt. Nach einer weiteren ereignislosen Nacht steht Ben, geweckt von den Sonnenstrahlen auf und geht zuerst einmal in die Küche.

Um den Teppich kümmere ich mich später, ich brauche zuerst etwas zu essen. Um klar zu denken, brauche ich zuerst etwas Hirnnahrung. Gestern gab es Konfitüre, das heisst heute ist Honig an der Reihe. Wie es wohl Lara geht? Zum einen bin ich froh, dass sie nicht hier ist, so bin ich ganz alleine, zum anderen bin ich unglücklich ist sie nicht hier. Noch vier Tage, dann muss ich wieder runter, nach Hause in meine Wohnung, nach Hause in die Stadt. Mir gefällt es hier. Hier lässt sich leben, ohne die ständige Furcht beobachtet, ausgelacht oder der Mittelunkt zu sein. Hier geht es mir gut. Ich habe hier noch kein einziges Wort gesagt, was auch besser ist so. Wofür überhaupt? Es ist niemand hier mit dem ich sprechen muss oder kann. Hier bin ich frei, hier bin ich mich selbst. Der Honig ist heute süsser, als das letzte Mal. Woran das wohl liegt? Ist etwa jemand in der Nacht gekommen und hat den Honig gesüsst? Bin ich nicht mehr alleine?

Blitzartig ist Ben hellwach und steht sofort auf den Beinen. Der Gedanke nicht mehr alleine zu sein lässt ihn nicht mehr los. Vorsichtig schleicht er durch das ganze Haus. Von oben bis unten sucht er jeden Winkel in jedem Zimmer ab. In jede Schublade, jeden Schrank wirft er einen Blick. Er findet selbst nach mehrfachem Durchsuchen des Hauses keine Spuren irgendeines Einbrechers. Das ist aber für Ben nicht Gewissheit genug. Er packt seine Winterschuhe und seine Jacke und schreitet vor das Haus. Auch vor dem Haus ist kein einziges Zeichen eines Eindringlings zu finden. Die Ruhe und Einsamkeit, an die sich Ben mittlerweile nicht gewöhnt sondern auch liebgewonnen hat, ist es ihm wert, sie mit allen Mittel zu verteidigen, bis Doktor Freihofer ihn in vier Tagen abholen kommen wird. Hastig rennt Ben zurück ins Haus und schnappt sich eine Schneeschaufel. Bewaffnet und entschlossen, seine Freiheit nicht aufzugeben, stürmt er wieder vor das Haus. Er holt einmal tief Luft und

schreit in die Landschaft hinaus. Mit frischem Tatendrang springt er in den Schnee und beginnt zu graben. Ben gräbt, wie ein wilder ohne eine Pause. All-
mählich entsteht ein immer tiefer werdender Graben
um das ganze Haus herum. Den Schnee, den er frei-
gehoben hat, benutzt Ben um einen Schneewall zu er-
richten. Nach verrichteter Arbeit geht Ben erschöpft
und schweissgebadet zurück ins Haus. Er zieht die
Stiefel und die Jacke aus und wirft einen Blick nach
hinten, eine zwei Meter hohe Mauer und eine ebenso
tiefe Schlucht sollen ihn vor weiteren Störenfrieden
schützen. Zufrieden und entspannt lässt sich Ben in
den Sessel vor dem Kamin fallen. Auf einmal knurrt
sein Magen, worauf er sich erinnert, noch nicht ge-
gessen zu haben. Wie ein hungriger Bär stürzt sich
Ben auf die zwei Stücke Brot vom Morgen und
schlingt sie herunter. Innert kürzester Zeit ist von den
Brotscheiben nicht mehr viel zusehen. Der Kamin ist
auch schnell entäschert und bald brennt auch ein
Feuer darin. Erschöpft liegt Ben im Sessel und beobachtet wiederum den hypnotisierenden Tanz der

Flammen. Eine angenehme Schwerfälligkeit überkommt ihn. Er kann kaum seine Augen offen halten
und von Aufstehen ist keine Rede. Immer tiefer sinkt
er in den Sessel. Wirre Träume plagen ihn. Er rennt.
Rennt auf einer offenen Schneefläche. Er schaut zurück, keine Fusspuren. Panisch rennt er weiter. Keuchend und mit letzter Not schreit er in die Leere.
Nichts. Kein Laut. Absolute Stille. Er klappt zusammen. Langsam zieht ein Sturm auf. Das Heulen des
Windes umgibt Ben.

Was war das? Wo bin ich? Das Feuer! Oh, es ist
nur noch die Glut vorhanden. Sie ist aber noch warm.
Heisst, ich habe nicht lange geschlafen. Das Heulen.
Ich habe es mit wirklich nicht eingebildet oder nur
geträumt. Es stürmt wirklich draussen. Ich entfache
das Feuer nochmals, sonst friert man ja in dieser
Hütte. Vielleicht schaffe ich es nur mit der übrig ge-
bliebenen Hitze das Feuer neu zu entfachen. Ich muss
nur vorsichtig ein wenig Kleinholz... Und schon
brennt es wieder. Ich hoffe ich sehe Lara irgendwann

wieder. Ich muss ihr noch danken, dass sie mir meinen Schirm wiedergebracht hat. Dieser Schirm bedeutet mir alles. Es ist das Einzige und Letzte, das ich noch von meiner Mutter habe. Dieser Schirm ist mir wirklich wichtig. Ich bin Lara sehr dankbar machte sie sich damals die Mühe und brachte mir meinen Schirm.

Ben, der nach langer Denkerei wieder ein wenig Hunger verspürt, steht auf und macht sich hinter den Kühlschrank. Tomaten. Einen Kürbis nimmt er sich heraus und beschliesst, eine Tomaten-Kürbissuppe zu machen; Kreation à la Ben. Diesmal wird es kein Desaster, wie am ersten Abend. Die Suppe schmeckt und Ben hat keinen mentalen Zusammenbruch. Nach dem Abendessen setzt sich Ben nochmals vor den Kamin und schaut, wie das Feuer schön runter brennt, sodass keine Brandgefahr mehr besteht. Mühselig schleppt sich Ben die Treppe hoch, putzt sich die Zähne und geht anschliessend schlafen. Der vierte Tag beginnt ruhig. Kaum aufgestanden geht Ben runter in die Küche und macht sich zum zweiten Mal in

Folge Honigbrot. Wen sollte es stören, er ist alleine, geschützt durch kilometerweite Einöde und seine Schneefestung. Heute hat Ben sich dazu entschieden, Tee zu trinken, da er es für sicherer empfand, Tee zu trinken, solange er den Teppich noch nicht nach unten verfrachtet hat. Wenn ein Malheur passieren sollte, würde es kleinere Ausmasse annehmen, als mit Teppich. Der Holzboden ist einfacher zu reinigen, als der Teppich. Ben schaudert es nur schon bei dem Gedanken, nochmal den Teppich reinigen zu müssen und wie er es Doktor Freihofer erklären könnte, falls er bis zu seiner Abfahrt noch nicht trocken wäre.

Sie lässt mich sicher nie mehr hier hoch, erfährt sie, dass ich ihr halbes Mobiliar zerstört habe. Eigentlich käme ich in Zukunft gern nochmals hierhin; hier gefällt es mir. Ich muss alles daransetzten, dass Frau Doktor Freihofer denkt, es ginge alles wie geschmiert, dann lässt sie mich vielleicht wieder hoch. Ich will nie mehr in die Stadt. Ich will hierbleiben.

Tee schlürfend sitzt Ben vor dem Kamin und guckt in die schwarze, niedergebrannte Asche. Gähnende Leere. Gelangweilt steht er auf und begibt sich zur Haustüre. Einen Meter davor macht er auf dem Absatz kehrt und läuft zurück. Am Sessel angekommen folgt eine weitere Kehrtwendung und so läuft er im Haus hin und her. In Gedanken versunken vergisst er seinen Tee, der langsam kalt wird. Der Tag der Abreise rückt immer näher und Ben sorgt sich schon im Voraus, um das „Was-wäre-wenn". Er zerbricht sich den Kopf, wie er jemals wieder in seine Wohnung zurückkehren könnte, mit den Nachbarn, den Leuten auf den Strassen, nun da er das Paradies erlebt hatte. Als der Angstschweiss ihm den Rücken hinunter läuft, denkt er an die Bespitzelungen durch die Nachbarn zurück, die ihn nicht aus der Wohnung liessen, ohne ihm einen geringschätzigen Blick zu schenken. Ihn ergreift Panik, stellt er sich vor wieder über die Strasse zur Tramhaltestelle zu gehen. Nackte Furcht überkommt ihn. Er vergegenwärtigt sich das traumatische Erlebnis, als er sich verlaufen hat. Kurz wird ihm schwarz vor Augen, doch er kann sich zusammenreissen und kippt nicht um. Auf einmal bleibt Ben vor dem unterdessen kalt gewordenen Tee stehen, hebt die Kanne hoch, trinkt einen Schluck aus der Kanne, setzt sie wieder auf den Boden und sinniert weiter. Wieder und wieder hält er vor der Kanne inne, trinkt einen Schluck und geht weiter auf und ab. Zur Tür. Wieder zurück. Hin, wieder zurück. Stundenlang. Wie eine Ameise immer den gleichen Weg, der vorangegangenen Ameise läuft, läuft Ben immer den gleichen Weg auf und ab. Keinen Schritt weicht er ab. Der Tee ist leer. Ausdruckslos schaut Ben auf. Er hebt die leere Kanne hoch und bringt sie in die Küche. Er geht zurück und entfacht ein Feuer im Kamin. Daraufhin kehrt er in die Küche zurück, wo er vor dem Waschbecken stehen bleibt. Draussen ist die Sonne hinter den Bergen im Westen verschwunden und es beginnt erneut Schnee zu fallen, , worauf es schnell zu dunkeln beginnt. Ben denkt über sein Abendessen nach. Heute nimmt er sich vor, eine etwas aufwändigere Mahlzeit zuzubereiten, nach der einfachen Kost von gestern. Ben reisst aus den Schränken und Schubladen die Utensilien, die er benötigt. Pfannen, Töpfe, Messer, Schneidbretter. Als Nächstes knüpft er sich den Kühlschrank vor. Fleisch, Gemüse, Rahm, Käse, die ganze Küchenablage ist vollgestellt mit Zutaten. Mit höchster Konzentration schneidet Ben Gemüse, bringt Wasser zum Kochen und würzt mit viel Schwung und Feingefühl. Ben kippt Nudeln in das kochende Wasser und brät Zwiebeln an. Während die Nudeln vor sich hin köcheln, kümmert sich Ben um das Gemüse und das Fleisch. Plötzlich riecht Ben einen stechenden, verbrannten Geruch.

NEIN, ich habe mir soviel Mühegegeben und jetzt ist es angebrannt. Ist es das Fleisch? Das Gemüse? Ich rühre doch immer ständig. Mir ist noch nie etwas angebrannt. Der Geruch wird in der Wohnung sein für Tage, den bringt man nicht mehr so einfach aus dem Haus. Frau Doktor Freihofer wird mich hassen dafür, dass ich ihr Haus verpestet habe. Sie wird mich erniedrigen, mich auslachen, mich blossstellen. Grausam. Das Gemüse ist aber nicht angebrannt, dann muss es das Fleisch sein. Nein, es ist auch nicht das Hackfleisch. Wo liegt der Brandherd? Die Nudeln im Wasser können es unmöglich sein. Auch liegt Nichts auf einer heissen Herdplatte. Ich wische zur Sicherheit nochmals mit einem nassen Lappen über alle Platten.

Als Ben sich nach dem Waschlappen umdreht steht er einer riesigen Feuerwand gegenüber. Die Hitze schlägt ihm ins Gesicht. Vor Schreck gelähmt kann er sich zuerst nicht bewegen. Sein Gehirn ist wie blockiert. Schlagartig wird Ben die Ernsthaftigkeit der Situation bewusst. Das ganze Haus brennt. Von der Furch beflügelt tragen ihn die Beine zur Tür. Vor der Tür steht ein Riesenhindernis. Die Hitze droht Ben zu verschlingen.Die Luft ist voller dickem, giftigem Rauch. Ben wird fast schwarz vor Augen. Die Couch ist im Weg, die Ben seit dem ersten Tag immer wieder vor den Hauseingang geschoben hat. Die Todesangst verleiht Ben übernatürliche Kräfte. Wofür er sonst immer mehrere mühselige Minuten brauchte, ist nun innerhalb von Sekunden gemacht. Mit einem kräftigen Ruck stösst Ben die Couch zur Seite und flieht ins Freie. Seine Beine tragen ihn, ohne dass er nachdenken muss, weit weg vom Brand. Mit einem Satz ist Ben über die Hochsicherheits- schneemauer und den Graben gesprungen. Ein ste- chender Schmerz in der Lunge lässt ihn langsamer werden, er hat zu viel Rauch eingeatmet. Ben rennt weiter. An den Füssen nur mit Socken bekleidet, be- ginnen diese bald zu schmerzen, als steckten tausend Nadeln in seinem Fuss. Ben wird langsamer und langsamer, bis er schliesslich am Baum vor der Strasse zum Stillstand kommt. Die Angst steckt ihm immer noch tief in allen Gliedern. Ben sackt, ange- lehnt an den Baum, zusammen. Der immer noch an- haltende Schneefall wirkt beruhigend. In der Ferne ist das Flackern des Feuers zu sehen. Ben schlottert und friert, doch schon bald bedeckt ihn eine dünne Schneedecke. Seine Füsse vermag Ben bald nicht

mehr zu spüren und eine angenehme Schwere überkommt ihn. Diese Ruhe wird durch ein herannahen-
des Fahrzeug gestört. Das warme, flackernde, rote
Licht des Feuers wird durch weisses Scheinwerfer-
licht gestört. Ein Stapfen weckt Ben auf. Immer näher
kommende Schritte lassen Ben schwitzen. Die Hand
bemerkt Ben erst, als sie an seiner Stirn ist. Wohlige
Wärme überkommt ihn. Eine Stimme ertönt und sofort weiss Ben, dass er in guter Obhut ist. Das Letzte,
was Ben noch mitbekommt, bevor ihn völlige Finster-
nis umschliesst, ist die Besorgnis in der doch so bekannten Stimme.

Wie viele Tage bin ich nun schon im Krankenhaus? Die Ärzte sagten, meine Beine bräuchten noch
eine gewisse Zeit sich an die „neuen" Füsse zu gewöhnen. Am rechten Bein hat man mir den ganzen
Fuss weggenommen, er sei tot und unwiderruflich
beschädigt. Den linken Fuss haben sie mir zumindest

gelassen. Grösstenteils. Drei Zehen haben sie abgenommen. Lara besucht mich jeden Tag. Jeden Tag erzählt sie mir, was draussen in der Welt passiert. Was sie heute erlebt hat. Frau Doktor Freihofer wollte mich auch schon ein paar Mal besuchen, doch ich lehnte ihren Besuch stets ab. Ich kann ihr nicht in die Augen schauen, was denkt sie bloss über mich. Ich habe ihr Haus zerstört. Sie gab mir ihr Vertrauen und ich war diesem nicht würdig. Lass mich im Boden versinken. Die täglichen Besuche von Lara sind das einzig aufheiternde an meinem Aufenthalt im Krankenhaus. Ich kann mein Bett nicht verlassen. Selbst wenn, würde ich es nicht machen. Auf dem Flur vor dem Zimmer wuselt es nur so von Menschen. Krankenschwestern, Ärzten, Patienten, der blanke Horror. In meinem Zimmer bin ich sicher. Bis auf die Arztbesuche, die sind aber halb so schlimm, denn unter meiner Decke bin ich geschützt.

Ben liegt schon seit drei Monaten im Krankenhaus. Seine Füsse sind abgefroren, weshalb man sie ihm grösstenteils abgenommen hat. Auf der rechten

Seite, war der Frostbrand so gross, dass man ihm den ganzen Unterschenkel abnehmen musste und er dort nun eine Prothese trägt, die ihm helfen soll, zu laufen. Jedoch darf er sich noch nicht gross bewegen, da er auch diverse Verbrennungen davon trug. Sein ganzer Körper ist malträtiert. Seit seiner Einlieferung verweigert er eine Konfrontation mit Doktor Freihofer, da er sich der Schmach und Schande nicht stellen will und kann. Die weiteren Wochen vergehen nur schleichend. Mühsam lernt Ben mit seiner Prothese wieder zu gehen. Aller Anfang ist schwer. Nach weiteren drei Monaten kann Ben endlich das Krankenhaus verlassen und nach Hause gehen. Lara ist so nett und fährt ihn, da er sich aufgrund seiner Prothese unmöglich in der Öffentlichkeit zeigen kann. Endlich Zuhause angekommen mustert Ben jede Ecke seiner Wohnung. Es könnte ja sein, das in der Zwischenzeit jemand eingebrochen ist und in seiner Privatsphäre gewühlt hat, oder noch schlimmer, ihm auflauert, jetzt wo er am psychischen Ende ist, komplett entstellt. Der Schirm … zum Glück steht er an seinem angestammten Platz, als hätte er auf ihn gewartet. Gott, bin ich froh habe ich ihn damals nicht mit in die Hütte genommen. Ben geht in sein Badezimmer, zieht alle seine Kleider aus und steht vor den Spiegel. So kann er nie mehr das Haus verlassen. Die Leute auf den Strassen werden ihn noch mehr als sonst beobachten und anschauen. Ben zuckt zusammen, als das Telefon klingelt. Er eilt zum Tisch und will gerade den Höhrer abnehmen. Plötzlich hält er inne. Lara kann es nicht sein, denn sie war Momente davor noch mit ihm vom Krankenhaus hierher unterwegs. Dies lässt nur einen logischen Schluss zu. Es muss Doktor Freihofer sein. Ben kriecht hinter den Tisch und zieht das Telefonkabel aus der Steckdose. Doktor Freihofer würde ihn sicher nur - und das zurecht - zur Rechenschaft ziehen. Ben schämt sich immer noch zu sehr, als dass er mit ihr sprechen könnte. Am anderen Ende der Leitung ist die Sekretärin von Doktor Freihofer, die von Bens Entlassung gehört hat und ihn fragen wollte, ob er wieder in die Therapie käme.

Als Ben wieder hinter dem Tisch hervor kommt, bemerkt er, dass man durch die Fenster in seine Wohnung einsehen kann. Schnell steht er auf und lässt bei allen Fenstern die Rollläden herunter.

Jetzt habe ich Ruhe. Endlich bin ich aus dem Krankenhaus raus, endlich bin ich wieder bei mir zu Hause. Endlich kann ich entspannen, ohne Angst zu haben, dass jeden Moment eine Heerschar von Ärzten und Krankenschwestern durch die Tür stürmt.

In dem Moment klingelt es an der Tür. Ben guckt durch das Guckloch in der Tür und sieht, dass es seine Nachbarn sind. Diese haben gesehen, dass Ben nach langer Zeit zurückgekommen ist und wollten fragen, wie es im gehe. Ben geht zu seinem Sessel und versteckt sich dahinter. Niemand soll ihn so entstellt sehen.

Ich bin ein Krüppel, so kann ich nie mehr unter Leute gehen, noch weniger als zuvor. Ich gehe besser ins Bett. Vielleicht ist alles nur ein böser Traum und ich wache morgen wieder gesund in der Berghütte auf.

Seit Monaten redet Ben sich ein, dass alles nur ein Albtraum ist und er lediglich schlafen müsse, um aufzuwachen und zu sehen, dass Alles wieder normal ist.

Jedes Mal erwacht Ben enttäuschter als zuvor. Nachdem Versuch seiner Nachbarn, ihn zu besuchen, verlässt Ben für Wochen nicht sein Haus. Auch lässt er die Rollläden unten und macht kein Licht an. Niemand soll wissen, dass er hier ist. Auch Lara wollte ihn schon ein paar Mal besuchen, doch nachdem sie jedes Mal ignoriert wurde, gab sie es auf und kommt seither nicht mehr. Seit ein paar Tagen ist auch das Essen, das Lara und er gekauft haben, als sie vom Krankenhaus zurückkehrten, aufgebraucht. Am fünften Tag ohne Essen beschliesst Ben einzukaufen. Er schnappt sich seinen Schirm, zieht Kleider an und geht hinaus. Die gleissende Sonne blendet extrem nach so vielen Wochen in der absoluten Dunkelheit.

Ben geht wie blind, nach Gefühl in die richtige Richtung. Langsam gewöhnen sich Bens Augen an den hellen Tag und er sieht klarer und klarer. Er geht über die Brücke in Richtung Einkaufzentrum. Fünf Meter unter ihm rasen Autos auf der Autobahn hindurch.

Diese Autos da unten fahren ja ziemlich schnell. Mindestens hundert Kilometer pro Stunde schnell. Eins, zwei, drei, vier. Vierspurige Strassen in beide Richtungen. Viele Autos sausen dort immer hin und her. Da, ein Auto, wie das von Frau Doktor Freihofer. Ich werde ihr nie mehr begegnen können. Hopp, schon stehe ich auf dem Geländer. Ziemlich hoch hier oben. Sehr wackelige Angelegenheit. Ein leichter Windstoss könnte mich runter schubsen und ich wäre unten auf der Autobahn.

Ben steht für mehrere Minuten auf dem Geländer, seinen Schirm fest in der Hand. Ein Passant läuft vorbei, hält an und fragt ihn, ob alles in Ordnung sei und er solle doch runter kommen, worauf Ben lediglich mit einem geistesabwesenden Nicken antwortet. Je länger Ben auf dem Geländer steht, desto lockerer hält er den Schirm. Minutenlang steht Ben dort und betrachtet die vorbeifahrenden Autos. Nach zehn Minuten rutscht Ben der Schirm aus der Hand. Ben schaut dem Schirm nach und kurz bevor dieser auf der Autobahn aufprallt, bläst ein kräftiger Wind Ben in den Rücken.

Kapitel 6

Frau Freihofer und Lara begegnen sich auf dem Friedhof. Seit jenem schicksalhaften Tag entwickelte sich eine gegenseitige Hassbeziehung zwischen diesen beiden Frauen. Lara wirft Frau Freihofer einen giftigen Blick zu. Als Frau Freihofer als erste bei dem Grab ankommt, dem sie beide zustrebten, macht Lara auf dem Absatz kehrt und will wieder weg. Frau Freihofer hingegen eilt ihr hinterher und hält sie zurück. Sie schaut Lara tief in die Augen. Der Wind verschluckt die Worte, die sie aus tiefster Seele zu Lara flüstert.

„Wie bitte, was haben sie gesagt?", keift Lara sie an.

„Es tut mir leid, ich wusste doch auch nicht, dass das passieren könnte. Er liess mich seit jenem Tag, als du ihn runterbrachtest, nicht mehr an sich ran", sagt Frau Freihofer sanft zu ihr. Mit Tränen in den Augen reisst sich Lara los und stürmt vom Friedhof. Verdattert steht Frau Freihofer ganz alleine auf dem Friedhof. Der bewölkte Himmel wird dunkler und dunkler. Ein ohrenbetäubendes Donner und es beginnt zu regnen. Frau Freihofer steht mit gesenktem Kopf vor dem Grab. Nach wenigen Minuten ist sie nass bis auf die Knochen. Sie hebt ihren Kopf und geht vom Friedhof. Der Regen wäscht ihr die Tränen aus dem Gesicht. Kaum ist sie nicht mehr auf dem Friedhof, sondern auf der Strasse, beginnt sie zu rennen. Immer schneller und schneller tragen ihre Beine sie über den nassen Asphalt.

Kapitel 7

Der Richter klopft mit dem Hammer mehrmals auf den Tisch und bittet um Ruhe im Saal. Sofort wird es mucksmäuschen still. Frau Freihofer auf der Anklagebank ist mit den Nerven am Ende und hat die Hände ineinander gefaltet. Ihr Doktortitel und ihre Praxisbewilligung ist ihr nach jenem Vorfall aberkannt worden. Der dreitägige Prozess liess sie um mehrere Jahre altern. Im Publikum sitzt vorwurfsvoll Lara. Frau Freihofer ist angeklagt in den Punkten: Vernachlässigung ihrer Fürsorgepflicht und Verleitung zum Selbstmord, da sie als Bens Therapeutin und von der Amtsstelle eingesetzter Vormund ihn nicht hätte fahrlässiger Weise alleine in die Hütte gehen lassen sollen. Zudem hätte sie auch einsehen müssen, dass er nach dem traumatischen Vorfall in den Bergen suizidgefährdet gewesen ist. Weil sie in ihrer Pflicht als Therapeut und Vormund versagt hat, ist sie nun angeklagt. Der Richter verkündet mit lauter Stimme, dass Doktor Freihofer schuldig ist und deshalb zu 18 Monaten bedingt verurteilt und 3 Jahre Berufsverbot belegt wird. Mit diesen Worten schliesst er die Verhandlung und die Gemeinschaft verlässt den Gerichtssaal.

Nachwort

Diese Geschichte handelte von Ben. Ben, kein Mann wie jeder andere, litt an sozialer Phobie. Aufgrund seiner verzerrten Wahrnehmung und dem Druck, dass er Rechenschaft gegenüber seiner Therapeutin, Doktor Freihofer schuldig sei, beging Ben Selbstmord, nachdem er sich für mehrere Wochen komplett abkapselte. Lara wirft Doktor Freihofer vor, sie sei gewissermassen verantwortlich für den Selbstmord Bens und hätte dies früher erkennen und eingreifen müssen. Frau Freihofer wird rechtsgültig verurteilt, der Doktortitel wir ihr abgesprochen und durch die Medien wird sie als Menschenverächterin gebrandmarkt. Sie findet keine Arbeit mehr und fällt bald in eine Alkoholsucht. Aus ihrer Wohnug geworfen verbringt sie die nächsten Monate auf der Strasse, bis sie eines Tages in eine Suchtklinik eingewiesen wird. Anschliessend verliert sich ihre Spur.

Lara besucht, seit Bens Ableben jeden Tag sein Grab und kümmert sich ihr Leben lang um dieses. Sie stirbt im stolzen Alter von fünfundneunzig Jahren im Kreise ihrer Bekannten und Verwandten, Mann und Kinder hatte sie keine. Ihre Asche wird auf dem Berg, wo Freihofers Hütte war,verstreut. Die Hütte wurde nach dem Vollbrand nie mehr wieder aufgebaut und nun steht am Ende jener Strasse schlicht eine alte Brandruine.

Wie im Begriff, soziale Phobie bereits angedeutet leiden die Betroffenen unter panischer Angst vor sozialen Interaktionen, im Mittelpunkt zu stehen und dass ein Aussenstehender ihnen diese Angst ansieht. An sozialer Phobie Leidende haben ein sehr verzerrtes Wahrnehmungsvermögen von sich selber, was sie fürchten lässt, sie würden von der Gesellschaft nicht akzeptiert oder gar ausgelacht.

Jegliche Interaktion mit anderen Menschen, wie auch bereits der Gedanke an solche, bedeutet für Betroffene extreme emotionale Belastung. Diese lösen oft körperliche Reaktionen, wie zum Beispiel schwitzen aus, nur dass die Betroffenen die Ausmasse dieses Schwitzens, total überschätzen und sich selbst schweissüberströmt und tropfnass sehen, auch wenn sie lediglich ein wenig unter den Achseln schwitzen. Um sich weniger zu beschämen und nicht aufzufallen leiten sie jeweils Schutzmassnahmen ein, die die Situation nur noch weiter verschlimmern. Im Beispiel des Schwitzens wird oft eine Jacke angelegt um den Schweiss zu verdecken, doch durch die Jacke geraten sie nur noch mehr ins Schwitzen, was dann deutlich sichtbar wird.

Zeitfracht Medien GmbH
Ferdinand-Jühlke-Straße 7
99095 Erfurt, Deutschland
produktsicherheit@kolibri360.de